桜井美智子
Sakurai Michiko

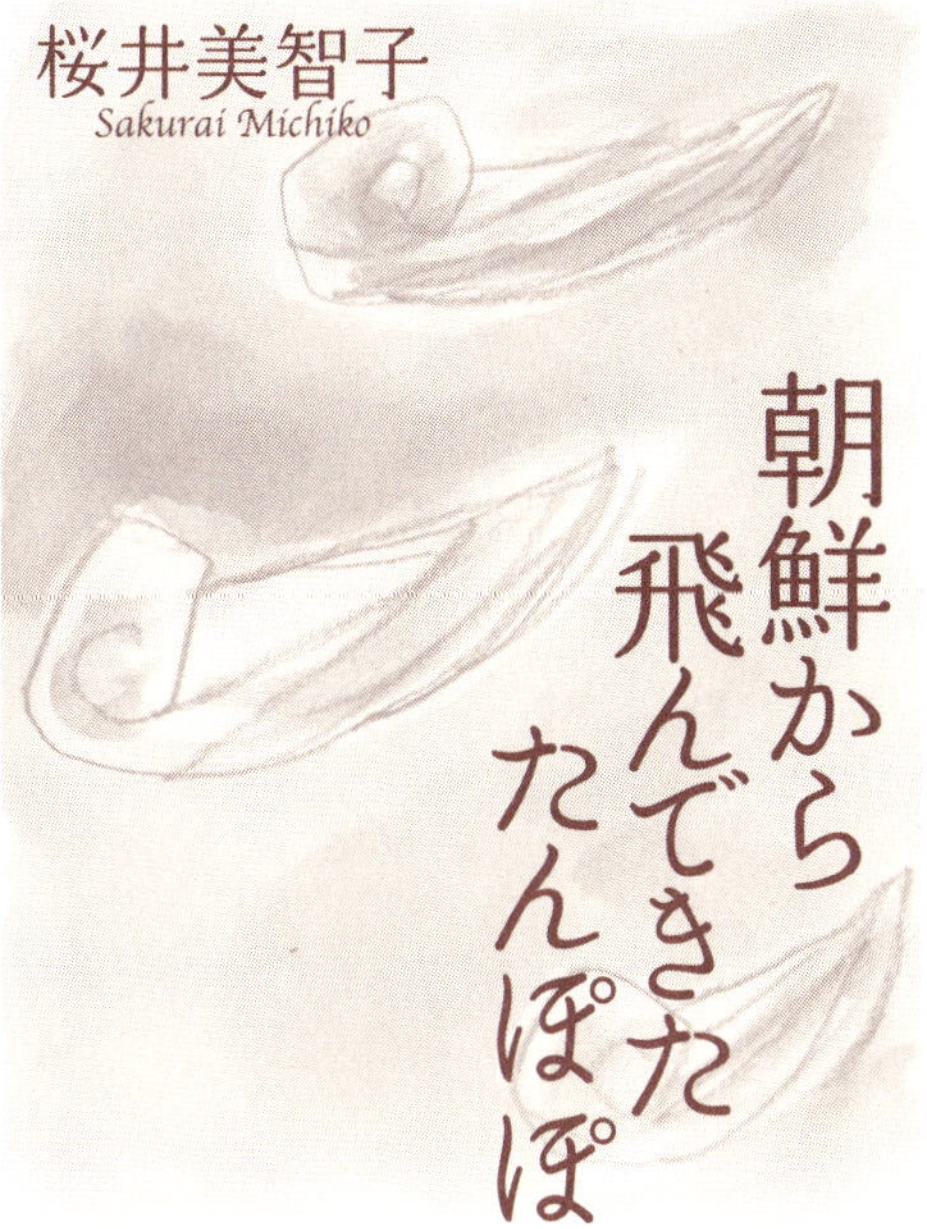

朝鮮から飛んできたたんぽぽ

書肆アルス

目次＊Contents

I

II

装画　柿崎かずみ
装幀　巖谷純介

朝鮮から飛んできたたんぽぽ

I

ハツ

関東平野に恵まれた肥えた土地。人々は田畑を耕し、自給自足の生活を営んでいた。

益子焼《ましこやき》といわれる陶器を焼いてなりわいとしている者もあり、また結城《ゆうき》つむぎといわれる織り物を織って生活している者もある。

高級品である結城つむぎは、売れれば大金が得られる。しかし、遠方からでも注文がなければ何年間も寝かせておかなければならない。仲々やっかいな、誰でも手の出せるような商売ではなかった。

遠くにうすく煙が上がっている。陶器を焼いている煙だ。カラスが時々カァカァと鳴く。

父と母は、黙々と畑を耕している。

父の岩蔵は四十五才。母タツの六才上だ。

タツは一日中だまっていることもある。話しかけても返事もろくろくできない。知恵が少し足りないのだ。

一人娘のハツも、母親のタツに似たのか、少しばかり足りない。

「ハッちゃんはいくつになったの？」

隣の畑にいた渡辺さんのばっちゃんが、曲がった腰をのばしながらきいても、ハツは何も答えず笑っている。岩蔵が畑仕事の手を止めて、ハツのほうを見て微笑み、「もうじき十になります」と、ばっちゃんに答える。

ハツは学校へ行っていない。いつもこうして、両親にくっついて畑へ出ている。蚯蚓《みみず》をいじったり、草をむしったり、土をこねてだんごを拵《こしら》えたりして遊ぶ。カァカァ鳴いているカラスは足で追っぱらう。ここはカラスが多いせいか、「カラス山」と呼ばれていた。

授業開始の鐘の音が学校の方角から聞こえる。学校へ行ったことがないハツには、何の興味もわかない。

近くには幅二メートルにも満たない小川が流れ、小さい橋がかけられている。ハツの家はその右側の火の見やぐらのすぐそばにあった。

川の小さな橋を渡ると岩蔵の兄の家がある。大きなわらぶき屋根に長い縁側。縁側の前に庭があり、畑でとれたじゃがいも、大根、ほうれんそうなどが所狭しと置かれていた。

畑は、ハツの家からはだいぶ距離がある。畑を耕しながら、近所の人と天候のあいさつをしたりする。昼時には、それぞれ持ち寄った握り飯を食べ、お茶を呑んだりしながら、ふと、世間話に花がさく。

大人が使う鍬《くわ》をハツは持ちあげられない。岩蔵が鍬で起こした畑を歩いたり、渡辺さんのばっちゃんの畑へ行ったりして、飽かず遊んでいた。

岩蔵の兄の家にはハツと年の近い三人兄妹がいて、皆学校へ行く。ハツとはあまり顔をあわせない。ハツぐらいの年頃の子供は、みんな学校へ行っていた。

少し離れた畑に白いヤギがいた。メェーと鳴くと、ハツはすぐそばまで走って行って、白い体に触る。

タツは時々、ハツが目の届かないところへ行くことが心配だった。そんなときだけは、畑から身体を起こして、ハツの姿を目で追っていた。

七月。じっとしていても汗が滲《にじ》んできた。

「そろそろ昼ごはんにするべ」

渡辺さんのばっちゃんが、近くの土手に腰をおろして、昼の準備を始めた。

「ハツ。ハツ――!」

タツが大きな声を出すと、ハツは急いで土手まで走ってきた。

「ヤギがいたよ」と、嬉しそうにハツが話す。

渡辺さんのばっちゃんは、もう握り飯にかぶりついていた。さもおいしそうに食べながら、目は遠くの方を見ていた。

岩蔵が来ない。

「ハツ、父ちゃん呼んでこう」とタツが言った。

ハツは、岩蔵が耕していた畑へ走って行った。しかし、岩蔵の姿は見えない。キョロキョロあたりへ目を配った。すると、横たわっている岩蔵が見えた。

「父ちゃん? 父ちゃん!」

返事がない。

ハツは急いで土手へ行き、「父ちゃん返事しねえよ」とタツに伝えた。

タツと渡辺さんのばっちゃんが畑へ戻ってみると、岩蔵は倒れていた。タツの身体が震え始めた。言葉が出ない。渡辺さんのばっちゃんは、ハツにこの場を頼み、大急ぎで岩蔵の兄の家まで走った。

カラス山のこととて、里までは遠い。やっと医者先生が見えてくれた時は、もうあたりが暗くなっていた。岩蔵は一度も意識を回復せず、そのまま帰らぬ人となった。


とりあえず、葬儀は近親者のみで行い、岩蔵は野辺へ送られた。

この先どうしたらよいものだろうか。タツは火の見やぐらのそばの家に籠《こも》り、じっとしていることしかできなかった。ハツはタツのそばを離れず、うずくまっていた。

岩蔵の兄夫婦は、この二人の面倒をみていく訳にはいかないと考えた。

「タツ、身内でもあればそこへ頼って行くしかねえべ」と言って、二人を駅まで連れて行き、電車に乗せた。

ハツは生れて初めて乗り物に乗った。駅まではかなりの距離を歩いたのだった。

タツとハツは、岩蔵の兄夫婦に連れられて、タツが嫁に来る前にいた町まで来た。兄夫婦は、そこの寺へ二人を置いて帰っていった。

寺に見覚えがあったタツは、ハツの手を引いて坂を下った。

「あれッ　タッちゃんじゃねえの？」

坂を下りた左側に小さい家があり、そこに立っていた女が、ふり向きざまに言った。

「嫁に行ったたって聞いでたげど、なじょしたの？」

女は、タツのいとこであった。タツは「父ちゃん死んじまったんだ」と言って下を向いた。

女は、浜子と言った。

「ちょっと待っててくんねぇ」と、走っていって、もうひとりのいとこの菊子を連れて戻ってきた。

明らかに行くあてのないこの親子をどうしたものか。しかし、浜子も菊子も、「俺たちも子供がいて自分の生活だげでもやっとこすっとこだ、どうしたもんだべ」と、途方に暮れた。

「あそこの屋敷へ頼んだらどうだべ。住み込みで働くとなれば、食べるぐらいは何とかなるんでねぇの？」と、菊子が言った。

二人のいとこは、タツとハツを連れて、大きな塀に囲まれた屋敷へと向かった。

屋敷での生活

そこでお世話になることが決まった。

タツは庭を掃《は》いたり、台所の手伝いをしたり、言いつけられたことを、おとなしくこなした。

ハツはまだ小さい末っ子の三ちゃんの子守をすることになった。三ちゃんをおぶって屋敷の中をあっちへ行ったり、こっちへ行ったり。三ちゃんが泣き出すと、台所にいるタツのもとへくる。タツは女あるじに子供が泣いていることを告げる。女あるじがオムツを取替えたり、お乳を呑ませる。子供の機嫌が直ったら、またハツがおぶって歩きまわる。

子供をふり落としはしないか、女あるじは心配で、はじめのうちはハツの行く先々をついて歩いていた。しかし、ハツは根っから子供をかわいいと思うらしい。

後ろに手をまわし、何か歌のようなものをうたって、飽かずあやす。背中が濡れればすぐタツに言いにくる。泣き出すとまた言いにくる。

結果的に女あるじは、安心してハツに子供を任せるようになった。


ハツはこの屋敷から出てはならぬと言われていた。食事は台所のすみでタツと二人でする。

屋敷の裏手の敷地内に大きな蔵があった。ある日、蔵を見上げると、髪の長い女がいて、ハツを見下ろしていた。恐ろしくなったハツは、すぐ台所に行き、タツに告げた。精米をしている大きな水車がガタンゴトンと動いていた。

次の日も、女の人はハツを待っている様子だった。いつも何か話しかけようとする。そのことがハツには無気味だった。

おとなしく、余分なことを言わないハツだった。そのためか、やがて蔵にいる女に食事を持って行ったり、おやつの菓子を届けたりする仕事も任されるようになった。

蔵のそばへ行くのは怖かった。

「いつからきたの？」

女の人がハツに訊いた。

「このあいだ」とだけ答えると、背中の三ちゃんをしっかり押さえ、ハツは全力で走った。

タツに訊いた。

「母ちゃん、あの人なんであそこにいるの？」

「しらねェ」と、タツは言い、「よげいなごとは言うな」と、台所仕事に目を戻した。


屋敷は人の出入りも多かった。

敷地には何本もの材木が重なって置かれていた。たくましい男どもがそれを運び入れ、皮を剝《む》いたり、整えたりして、また運び出していた。仕事で出入する人と、家の人たちが過ごすところとは別になっていた。

材木を扱っている男たちも、いつの間にかハツの名前を覚えて、「ハッちゃん、あぶねぇがらむこうへ行ってな」などと言うようになった。

夕方には、学校へ行っていた子供が帰ってきた。ただ、タツやハツは、家族のことはよくわからなかった。

ある日、ハツは母屋《おもや》の広い縁側で、いつも蔵にいる髪の長い女に会った。このときは髪をまとめていた。女はハツに向かってにっこり笑った。

ハツはしみじみその顔を見た。女のそばには、昼間もこの屋敷にいるが、一度も話したことのない大人の男がいて、親しく話をしていた。男は、この女のことを「母さん」と呼んでいた。

やがて、末っ子の三ちゃんも学校へいくようになった。屋敷でのハツの仕事はなくなった。

屋敷の女あるじが浜子と菊子をよび出した。

「ハッちゃんもそろそろ十八才になるんだし、嫁へ出したらどうか」

二人のいとこも、それが一番よいと考えた。ただ、ハツは男に会ったことがなかった。浜子と菊子は、ハツの嫁入り先をさがすことになった。

知り合いの伝手《つて》で、嫁をほしがっている男が炭鉱にいることがわかった。ハツより八才上の男性だった。一度、タツも一緒に行き、縁談がまとまった。

ハツはこの炭鉱へ嫁いで行くことになり、タツも一緒についていくことになった。

結婚

　はじめて見る炭鉱は、せまいところに人々が多く、ワンワン、ギャンギャンとうごめき、どの人も言葉が乱雑で、見るもの、聞くもの、目をみはることばかりであった。

　嫁いだ家は炭鉱の長屋で、六畳一間に囲炉裏と台所があった。男はおとなしく、母親・姉・妹なども近くの長屋にいるという。三人そろってハツを見にきた。

「色白でかわいい嫁さんだねえ」

「昼間ダンナがいなくても、母親が一緒にいてくれて助かるねぇ」

などと、歓迎してもらった。

　男の親姉妹は、ハツを隣近所に連れてまわった。

「よろしくお願いします」

と、一軒一軒、あいさつをする。こうすれば覚えてもらえる。ハツは初めて、あいさつの習慣を教えてもらった。

阿武隈《あぶくま》山脈を背に、太平洋まで五〇キロほどの炭鉱集落。掘り出された石炭はトラックで駅まで運び、貨車に積み替える。トラックは一日に何往復もしていた。男たちは石炭を掘る。採掘のために鉱内に入れば、一日中入ったままだ。夕方まで帰ってこない。

炭鉱には用度《ようど》といって、通帳ですべてが買える設備があった。用度で払った分は、月末に夫の給料から差し引かれた。お金を払って買いものをしたことのないハツでも、用度のおかげで何とか家計のやりくりができた。

変化の少ない炭鉱で新しい者が来るのは珍しく、十八才の若い嫁はいっそう珍しかった。よく近所の人々が言葉をかけてくれた。

「ハッちゃん、もうすぐお盆だよ。盆踊りさ、いくべ」

「盆踊り？　おら、やったごとねえ」

「ただ一緒に回ってればいいんだよ」

「ふうーん」

ハツはお盆がくるのが待ち遠しく思われた。

広場に高くやぐらが組まれた。ぐるりと提灯が下がり、大きな太鼓を置く場所が設置された。木から木へ紐《ひも》が張られ、そこに豆電球が巻き付けられた。

「大太鼓は男の人が叩くんだよ」
二、三軒先に住むキミが得意げに教えてくれた。
ハツが嫁に来たことは、近所中で評判になっていた。

「十八で嫁さ、来たんだと」

「何かポーとしたような人だね」

タツは、ほとんど一日中誰とも口をきかず、オドオドと空を見上げたり、山へ薪《たきぎ》をとりにいったりして過ごしていた。


待ちかねたお盆がやってきた。

うす暗くなりかけると提灯に灯がともり、腕にいれずみをした大男が、ドドンドンドン、ドドンドンドンと太鼓をたたく。長屋からは、浴衣を着た男や女、子供たちが、ワイワイ集ってきた。ハツはただ、それに見惚《みと》れているだけだった。

そのうち、輪の中へ強引に入れられた。あっちを見たり、こっちを見たり、ときどき両手をあげてみたりと、みんなが踊るのを真似た。

スイカが割られ、子供達が大口を開いて頬ばる。線香花火を焚いて楽しむ者、ねずみ花火を仕掛けて駆けまわる者など、お盆の広場には炭鉱中の人々が集まってきていた。
「ケンカだ、ケンカだ！」
大声で怒鳴りあう声が聞こえた。仲裁しているらしい声も聞こえる。炭鉱は、お金を稼ぐために、どこから流れてきたか知れない荒くれ者も多かった。

ひとたび落盤《らくばん》がおこれば生命を失うかもしれない。朝、ボタ山へ入れば夜まで帰れない。いつ何が起るかもわからない。

石炭を掘るという仕事のみでつながっている人たちがこの夜、踊り、食べ、笑い、楽しんだ。

この炭鉱にきて一年になろうとしていた。

ハツは子供をみごもった。

産まれてくる子供のため、夫の姉妹は着古した浴衣をほどき、手際よくオムツを作ってくれた。

ハツは母親になるという自覚がもてず、くる日くる日を人ごとのように送っていた。

盆踊の輪の中で、真黒く肌を塗り、目と口を白くぬった男のこと。羽織袴《はかま》をはいてサムライの様だった男、ワラの腰巻をした人たち。あの日初めて見た、こんな仮装の人たちの姿が目の前をよぎり、興奮して寝つけない日もあった。

ある夜中のこと。

ハツがとうとう、「イデデデ、イデデデ」とうめき出した。タツは大いそぎで姉妹の家へ行った。

「ハツがハツが、腹がイデって言ってるよ」

「そりゃ大変だ、陣痛がはじまったんだべ、すぐ産婆に知らせねば」

姉妹は、タツではどうにも役に立たないことを承知していて、大いそぎで長屋へ駆けつけた。

とにかく、これから産まれてくる子供のために、出産の場を作らなくてはならない。湯をわかしたり、畳の上に茣蓙を敷いたりした。ここにナイロンの風呂敷を二枚重ねて敷く。その上に布団をのべれば、濡れても大丈夫だからだ。

タツはオロオロと、すみの方に座り込んでいた。タツなりに、ほかの皆同様、興奮していた。

痛みの間隔がだんだん短くなってくる。ハツは汗びっしょりになり、もう逃げ出したい思いにとらわれ、大きい声をはりあげた。

産婆が「子供が産まれてくるためには必要な痛みなのよ、女としての母親としての大事な時なんだから頑張ってね」と励ます。

ハツも、はじめは「ハイ、ハイ」と聞いていた。だが、やがて泣きながら「母ちゃん、母ちゃん」と、タツの名を呼び出した。タツはオロオロしたり、キョロキョロとするばかり。どうしてよいかわからない。

ハツが「ウーン」と言って、いきみ出した。

「赤ん坊が出てくる時は、途中でいきみを止めないで力いっぱい頑張るんだよ」

と、産婆が大きい声で言いきかせた。

ハツにはもう、誰の言葉も聞こえない。気が遠くなっていくのだけを感じた。

産まれた子は男の子であった。しかし、全身が紫色でヒーとも泣かない。

姉妹や駆けつけてきた夫の母親は、「なじょしたべ、泣かねな泣かねな」と、産婆を攻撃する。産婆は、

「子供の頭が出かかったところで母親が息を止めた。これで首を絞めてしまった」

と、ガックリした様子で説明した。

タツが台所から立ち上がってきて、じっとハツを見つめた。

失神していたハツの目が覚めた。辺りを見回すと、夫の姉妹と母親、母のタツ、産婆が、白けたようにハツを見つめていた。

二人目の男

ハツ親子は、この家から追い出された。

行くあてもない。でも、とにかく歩くしかない。来た道を、うろ覚えながら川に沿って歩きだした。このまま行けば、もといた屋敷に戻れるように思い、暗い道を歩きつづけた。

見覚えのある大きな塀が見えた。吸い込まれるように二人は、門の中に入っていった。

あてのない親子を哀れに感じた女あるじは、二人を食べさせるくらいは何とかなるだろうと考え、再び雇い入れた。

タツは言葉少なく、言われたことだけハイハイとやる。無邪気で素直なハツは、まるでこの屋敷にずっといたかのようで、どこか憎めない。それに女あるじには、ときどき気がふれる姑《しゅうと》を世間の目から隠すため、蔵にいてもらわなければならない事情もあった。後妻の身で屋敷内の何から何までを取り仕切る女あるじは、心身ともに疲れの多い身だった。口数の少ない二人の存在は、ある面で心の安らぎだった。

屋敷の縁側に腰かけ、両足をブラブラさせながら、ハツは通り過ぎる人を眺めていた。

身体の大きな男が、こちらを見ながら通り過ぎていった。と思ったら、また戻ってきた。ハツをじっと見ている。

「おかしな男だ」と思い、ハツは、そのときは気にもとめなかった。

ある日、女あるじがハツを呼んだ。

「ハッちゃん、ハッちゃん」

ハツが行くと、「あなたを嫁にほしいという男がいるけど、どうかね」と言われた。

「ふーん」

ハツには女あるじの言うことがよく呑み込めない。

「親子一緒に面倒みてくれると言っているし。こんな良い話はないよ」

タツとハツは再び嫁ぐことになった。今度も炭鉱で、この屋敷から五キロ程離れたところだった。


炭鉱は、青々とした山脈が連なるほとりにあり、村は大きな川の流れに沿うようにして開かれていた。明け方から日沈まで、石炭を運ぶトラックの砂ぼこりがいつも立ち込めていた。

「よろしくお願いします」

「はい」

ハツと、ハツの夫となる男は、短い挨拶を交わした。

金永希《えいき》。朝鮮人の炭鉱夫でハツより十二才年上。この炭鉱でただ一人の朝鮮人であった。

身体は大きく、他の人々より頭一つとび出た男は、無口でめったに笑わない。永希が道を歩くと人々はふり向いた。すれちがう時には距離をおいた。誰も言葉をかけてこない。日本の言葉をしゃべれないのか、しゃべらないのか、風貌の大きいところへ笑わないので、よけいとっつきにくい。村の人々は永希を、特別な人を見るような目で見ていた。何となくこわい感じがして、誰も永希と慣れ親しめなかった。

　タツも永希が恐ろしいらしく、最初は顔を合わせることを避けていた。永希が帰る頃になると、そわそわし始める。用事もないのに外を歩きだし、家へ寄りつきたくないそぶりを見せた。

「俺の何が気にくわねぇ」

と、永希は大声を出した。タツは身をかがめて震えた。

　しかし、ハツは違った。

　ハツは、料理を手際よく作ったり、白菜の朝鮮漬を上手に作ったりするこの無口な夫を好んだ。永希も、ハツ、ハツと言って、ハツをかわいがった。

　永希は朝から夕方までボタ山へ潜る。仕事を休まない永希にとって、晩酌が一日の楽しみだった。そこで、川沿いの雑貨店で酒を買うのがハツの日課となった。酒は計《はか》り売りで、夕方になると、徳利《とっくり》片手にハツが走った。

　三人は小さな囲炉裏を囲んだ。永希、タツ、ハツ、それぞれの座る場所が、いつの間にか決まっていた。

働くだけの永希には、ハツに話すことがない。一方のハツは、何となくトンチンカンで、話の辻褄があわない。でも永希は、ハツが出来ないことは最初から注文もしなかった。

永希にとっては、初めての家庭であった。ハツとタツは、孤独を癒《いや》してくれる、かけがえのない身内となったのだった。

タツは、同じ年頃のばっちゃんと仲よくなった。とくに松本さんのばっちゃんと親しくなり、家も行き来するようになった。

「うちの嫁は気が強くて、うっかりしたごとなんか言ったら大変だ」

松本さんのばっちゃんがこぼす。何を言うわけでもなく聞いているタツ。わかっているのか、わからないのか、それでいいようだ。

面長なタツの顔はよく日焼けしていた。丸めてひとつにまとめた頭髪には白髪も混じっていた。長年百姓で鍛《きた》えた足腰は強いはずなのに、どことなく弱々しい印象もあった。

ハツと永希が住む長屋の隣には、村田さん夫婦が住んでいた。夫婦には耳が聴こえず口のよくきけない娘姉妹がおり、四人ぐらしだった。

長屋の前には小さなニワトリ小屋があった。

トントン、トントン――

ニワトリにやる菜っぱをきざむ音が、村田さんの家から毎朝響く。姉妹がエサ係らしい。

日中、ハツが淋しかろうと、永希はネコを飼うことにした。ヤンチャな雄ネコで、ハツはよくネコに言葉をかけ、笑ったり怒ったりした。

ある日、村田さんが血相かえて怒鳴りこんで来た。びっくり顔で応対するハツに、「ネコが襲《おそ》いかかりニワトリが一羽死んでしまった」と告げた。

対処の仕方もわからず、ハツは永希が帰るのを待った。永希はネコをつかまえると、「コラ！　何でそんなイタズラをしたんだ」と言って、ネコにゲンコツをした。ネコは首をすぼめて手を頭にのせるような仕草をした。驚いたハツは、夢中でネコを奪い返し、「早く逃げろ」と、ネコを外に出した。タツはますます永希を恐ろしく感じるようになった。

ネコのしたことも時と共に薄れ、また日常生活が戻ってきた。

いつものように永希は晩酌をし、大きな身体がうとうととし始めた頃だった。隣家から、「ウワワ、ウワワ」という低い声が響いてきた。と同時に、村田夫人のヒステリックな大声が轟《とどろ》いた。

長屋中の人々が外に集ってきた。村田夫人は恥も外聞も忘れ、狂ったように泣きわめく。

「とも子のお腹の子は、誰の子だと思ってるの？」

「口のきけない娘に恋人のいるわけもなぐ、腹がふくれるわけないべ」

ウワワ、ウワワワと聞こえたのは、姉妹が泣く声だ。耳の聴こえない二人の発する声が合唱のように響く。村田さんの御主人は二年前の落盤で死んでしまい、今の御主人はその後一緒になった人らしい。姉の方は色黒でやせぎす、とも子と言われる妹は色白で肉づきがよく、大きくなるお腹に気づくのが遅れたようだ。

「よりもよって私の娘に手を出すなんて、このすけべ男！」

男の声は一言も聞こえない。村田夫人は失神しそうに思われた。姉がハッを手まねきして、身ぶり手ぶりで何かを訴えるのだが、手話など見たこともないハッにはとうてい理解できず、首をかしげるばかりである。

長屋中を騒がせたものの、村田夫人は生活力のない女の身。こんな男でも別れることもできなかった。子供はどうなったのか、その後のことは誰にもわからず、いままで通りの四人暮らしが続いた。

ハツは毎日、この耳の聴こえない姉妹の身ぶり手ぶりを相手に、わからないながらも話をし、ニワトリのエサにする菜っぱを刻むのを手伝った。


炭鉱で働く人以外にも、農業を営む人、酒店、雑貨店を営む人、遠くの町まで働きに出る人たちもいた。

大きな川が炭鉱に暮らす人たちの中心だった。夏になると、ここをせき止めて、子供たちが水浴びをした。

お盆が近づくと、キュウリにマッチ棒で四本の足をつけ、仏様が乗ってくる馬の準備をした。お米の粉でダンゴを拵《こしら》えて供え、トマト、枝豆など季節の野菜をお飾りする。十六日には帰られるということで、これらのお飾りを小さなムシロにまとめて束ね、川へ流した。

お盆が済み、台風が来ると、川はゴーゴーと轟音を立てて、何十倍の水量にもなった。そんなときは近づくのも恐しく、橋を渡ることもできなくなった。

永希がトロッコでボタ山へ入ってしまうと、ハツは何もすることがない。近所の女たちの勧めもあって、選炭場へ働きに出ることになった。

掘りおこされた石炭を選別するのが選炭場の仕事だった。大きく立派な石炭は、トラックに積まれて運ばれてゆく。火力はあるが、小さくて売りものにならない石炭は、家庭用にまわされる。

どこまでの大きさがよくて、どこまでの小ささなら悪いのか、ハツにはわからなかった。婦人たちとひと塊《かたまり》になってする作業も初めてだった。

「ハッちゃん、何回言えばわかんのよ、ちゃんと分けなきゃダメだよ！」

と、何度か怒鳴られた。

単純な作業なので、婦人たちはいろいろな話をした。人の噂や事件が話され、それらはまるで、見てきたことのように取り上げられていた。

――川から離れた田んぼの向こうには、ユキという頭の弱い女がいた。ユキはいつもフラフラ歩きまわっていた。ユキの家から五〇メートルほどのところに後家さんがいて、最近、入りムコが入った。この男が日中、後家さんのいないスキをねらって、ユキをかついで家へ入った。ユキはアレー！　と言うものの抵抗するでもなく、またフラフラと家へ帰って行った――。

――ユキの兄はケガをして右足が悪く松葉杖をついている。名前は政治なので、「ビッコ政やん」と呼ばれている。もう一人同名の政やんがいて、顔半分大ヤケドでケロイドになっているので、「カンパ政やん」と呼ばれている――。

――川のふちの柴田さんには、てんかん持ちの男がいて、火を見るとてんかんをおこし、口から泡を吹く。四六時中見張っている訳にはいかないので、男は火傷だらけだ――。

――石炭を積んだトラックは砂ぼこりをあげて、川沿いの道を行き来する。その道路にはいつも、空いた一斗缶をカンカンカンカン叩きながら歩く青年がいる。この青年は狂っているのだ――。

ハツは、屋敷にいた時の姑のことを思い出した。

夕方になると、永希を乗せたトロッコも、ボタ山からあがってくる。

選炭場の女達も、汚れた身体を共同風呂で洗い流し、それぞれ家路へ着いた。

II

選炭場の作業にもだいぶ慣れてきた。小さい石炭を貯めておき、背負って自宅へ持ち帰って燃料にすることも覚えた。時々叱られはするものの、ハツの日常も落ちついてきた。

そんなある日、三才ぐらいかと思われる女の子が不意に現れた。女たちは「どこの子だべ、危ないよ」と言いつつ眺めていたが、やがて手を止めてこの子に言った。

「みだごとねえ子だ。——名前は？」

「みちこ」

「どこの子だ」

「あっち」

女の子は坂の上の方を指した。

「あッれー？　役員宅の方だべ、どこの子だ」

子供は少し盛りあがったところへ腰を下ろした。何かを歌っている。

女あるじの家で子守を任されていたハツは、子供が好きだった。子供も、ハツと目が合うとニコッと笑った。人なつっこい笑みだった。

ハツは、目がクリクリとした可愛い顔だと思った。手を見ると、石炭で遊んだのか、黒く汚れている。パンパンと叩いて落としてやりながらハツは、

「あぶないから、お家へお帰り」

と言った。子供はコックリうなずいて、坂の上の方へあがっていった。


炭鉱村は小高い丘状の土地で、下は鉱夫の長屋、上は役員宅になっている。中央は用度《ようど》や共同風呂、広場などだった。娯楽施設とまでは言えないが公共の建物もあり、広場ではお祭り、相撲、盆踊り、運動会も行われる。落盤事故などがあると村全員が広場に集い、情報収集をする。

あくる日もまた昨日の子が来た。大人の仕事場へ普通は子供など来ない。

「父ちゃん、何つう名だ？」

興味深々に聞くが答えない。

「みたごとねえなあー」

小さな炭鉱のこと、隅から隅まで知り尽くしている選炭場の婦人達に、知らない子がいるはずがない。

「子供が何でこんなとこさ、くるんだべ」

石炭の選別はそっちのけだ。見たことがないというのがまず不思議だった。

「坂の上のどこの家だ？」

代わる代わる、根掘り葉掘り訊いても、女の子はニコッとするだけ。さっぱりわからない。

ハツは、子供にあげたくて、あめ玉を持ってきていた。女の子を手招きすると、口の中へあめ玉を入れてやった。


何日かたったある日。

「あの子供のこと、わがったよ」

タネさんが言い出し、みんながタネさんのまわりに集まった。

「どこの子、どこの子だ」

「あの子は浅田さんちの子だってよ。三、四日前にあそこで大騒ぎがあったんだと」
「へェ、何の騒ぎだ」
「何でも浅田さんのところは若い奥さんと、まだ産まれたばがりの女の子と三人ぐらしだったそうだげど、そこへ五人も子供を連れた前の奥さんがたずねてきて、夜どおし大騒ぎしたもんだけど、たずねて来た方の奥さんが一番上の子と一番下の子を連れて、北海道さ帰ったらしいよ」
「エッ、浅田さんて、そんなに子供いだのがね」
「何でも前の奥さんは五人も子供がいるんだがら、今の人と別れて自分のところへもどってくれと泣き泣き頼んでいだらしいけど、浅田さんはみんな死んでしまったと思ってだみてえで、急に気持がもどんねがったみてえだよ」
「んじゃ、この子は残されだ一人なのが」
「男の子二人も残されだんだと」
「その男の子は　どうしてるんだべ」
「何か帰った母親のあとさ、追いかげて北海道さ行ったんだと」
「そんならこの子は急においでがれでも居場所がねえべなあ」
「となり近所がら話が広がって、この子供をほしがる人がそちこちがら出だんだと」

ハツは女の子を膝にのせた。そして、またあめ玉をあげた。

「よぐ泣かねごとなあ」

「みちこだらみっちだべ」

それからは、なんとなく子供が来るのを待つようになった。選炭場のみんなは、思うことは一緒だった。


みっちのために、ある者はお菓子、ある者は小さい握り飯、ある者は筵《むしろ》を持ってきた。筵に座り、みっちは飽きずにひとりで歌をうたう。そのうちに転寝《うたたね》をし、やがて眠ってしまう。

この子の立場もわかる女たちは、いられるだけいさせてから、「さ、おかえり」と、帰るよう仕向けていた。

ハツは、よく話かけた。

「何が食べたいか?」

ニコッと笑って膝にすわる。ある日ハツは、うとうと眠ってしまうみっちをおぶって自分の家へ連れて帰った。

布団を敷いて、寝かせていると、「どこの子だ?」と、タツがびっくりして訊いた。

そのころからハッは、「誰にもわだすものか」と心に決めた。

そっと撫《な》でると、みっちの髪はやわらかく赤く、うっすらと汗をかいていた。


永希が帰ってきた。

「何だ、この子供は?」

ハッは選炭場で聞いたこと、みんながしゃべっていたことを話す。「浅田?」と聞いて、すぐに永希は理解した。

このまま黙ってこの子供をここに泊めることはできぬ。大きな背中におぶって、永希は浅田の家をたずねた。

「ごめん下さい」

なかなか出てこない。もう一度大きな声で「ごめん下さい」と言ったらびっくりしたように若い夫人らしい人が出てきた。その後に浅田が顔をみせて、

「金山さん、どうしましたか?」と聞いた。

「うちのハッがおたくの子供さんを連れてきてしまい申し訳ありません」

といって、子供を返し帰ってきた。

あくる日もみちこは選炭場へ現れた。そしてすぐハツのそばへ寄っていった。子供のいない沼尾さんが、この子をほしがっている――。いや、写真屋の新ちゃんちでほしがっている――。

選炭場の婦人たちのみならず、噂が噂を呼び、「母親が涙で目を腫《は》らして別れていったのを、三人の子供が無言で見送っていた」と語る者まで現れた。小さな炭鉱町に、この話を知らない者がいなくなった。

そんな噂を聞くにつけ、「この子供は誰にも渡さねぇ、渡すものか」という思いが、ハツの中でいっそう強まった。

ハツはあと先を考えられない。

「みっち、今日もうちへいくか?」

「うん」

そしてまた、ハツはみっちを自分の家へ連れて帰った。

「何回言えばわかるんだ!」

帰宅した永希が大声で怒鳴りつける。

みちこを大事そうに隠し、ハツも後へ引かない。

思案している永希のあぐらの中へ、みちこがすっぽり入って来た。小さい手で永希の両足にしがみつく。驚いた永希が、思わずグラグラ動かすと、みちこは大喜びしてケラケラ笑った。

永希も面白くなった。何度もくり返すうち、永希のあぐらの中でみちこは眠ってしまった。

何もかも信じて、すべてをあずけきっている幼い子。この子への愛しさを感じながら、永希はまたおぶって、浅田宅へ向かった。

陽はとっぷりと暮れていた。長屋のあちこちから溢《あふ》れ出る夕餉《ゆうげ》の香りが鼻につく。空腹を覚えながら送る道すがら、

「どこかへもらわれていくのであれば、いっそ自分のところで……。しかしハツに母親がつとまるべが」

川面をみつめながら、永希はしみじみと考えにふけった。

こうした日々が何日もつづいた。しかし永希は浅田に言い出しかねていた。

いつものように子供を送り届けた時、

「金山さん、酒いけるんだべ。どうだい、一杯やらないかい?」

と、浅田のほうから声をかけた。子供が世話になって申し訳ないという気持が浅田にもあったのだろう。

照れながらも永希は、せっかくの申し出でもあり、自分も言い出しかねていた思いもあることから、ごちそうになることにした。

「いつも子供がお世話になってすみません」

「うちは子供がいないのでかわいくてつい……」

酒がまわってきたころ、浅田はぽつり、ぽつりと語りだした。

「金山さん、もう噂で聞いてると思うんだが、わたしは樺太《からふと》で仕事をしていたんです。自分の両親、妻、子供、弟妹夫婦、みんな向うへ渡っていたのです。自分は関節結核のため、戦地へ行かれず樺太に残っていたのですが、そのうち徴用ということで福島の炭鉱へやられたんです。戦争が終って、やれやれこれで家族にもあえると思っていたのが、ロシアが攻め入り、新聞、ラジオも「樺太全滅」と報じました。妹からは「自分達はスパイ容疑をかけられていて生きていても殺されるだろう、兄さんも覚悟はよいか?」と手紙をもらいました。そして事実、妹夫婦は青酸カリ心中をしていましたから、もうダメだと観念したのです。まさか、生きて帰られると思ってもみなかった」

生きていたことに感動はしたものの、浅田には、新しい妻のキヌの実家に莫大な借金もあるとのことで、とっさの決断ができなかったらしい。

永希は自分の思いを言い出しかねた。言い出しても良い返事はこないと解っていた。

それからもみちこは選炭場へ遊びにきた。来ればすぐ、ハツのそばに来て離れない。夕方まで帰らないし、ハツはまたおぶって自分の家へ連れ帰る。そうしないと、誰かにとられてしまうような気がして、永希に怒鳴られるぐらいは何でもなかった。

みちこはハツに懐《なつ》いただけでなく、永希を怖がらなかった。永希が大きい身体で寝ころんで、大きい足の上に小さいみちこを乗せる。みちこの身体をぐるんぐるん回転させると、キャッ、キャッと、大声を立てて笑い、それを見たタツまで一緒に笑う。

おなかのすいているみちこは、何でもよく食べ、いつもニコニコ笑っていた。

陽が暮れると永希はまた、みちこを背中におぶって送り届ける。

「今日こそ勇気を出して浅田に話そう」

そう心に硬く決めた永希は、

「うちの子にもらえねべが」と言った。

「エッ？」

浅田は驚きの表情を見せたが、そう言ってくるかも知れないことは覚悟していたかのようでもあった。

「まだ、小さいし、手もかかるしなあ」

妻のキヌは自分の子供にかかりきりだった。初めての子で、それだけでも大変で、もてあましていることを浅田は知っていた。そんなキヌに、他人であるみちこが馴染めるはずがない。

それもよく理解してはいた。この際みちこを本当にかわいがってくれて、幸福にしてくれるような養父母が見つかれば、もらってもらうのも方法かも……。とは考えたりもした。

浅田は、金山が毎日必ず子供をおぶって返しに来る、仕事も休まない律義な男であることを認めていた。しかし朝鮮人だ。この人が父親になったら将来、子供は苦労するかもしれない。それに、何よりもあのハツという女は、母親になるのは無理だ。

浅田は、やんわりと断った。

肩をがっくり落して永希は帰った。


みちこが選炭場へ来ることはつづいた。午後には必ず、ハツに背負われて家に来た。永希が帰ると、みちこを中心に、もとからの家族四人のように楽しいひときになる。みちこは「浅田の家へ帰らない」と言うようになった。

しかし浅田の子である以上返さなければならず、ぐずるみちこをおぶって永希は、浅田の家に通った。

永希はまた、「どうかたのみます、この子はハツに懐いてはなれません」と告げた。

永希はこうして、疲れているのに必ず子供を送り届けてくる。浅田はますます、この朝鮮人を信ずることができるという思いになった。しかし、かわいいだけでは子は育たぬ。

浅田が躊躇《ちゅうちょ》するのはハツのことがあるせいだ、と感じとった永希は、

「ハツは智恵は足りねえげど、足りねえ分は必ずわたしが責任もちます」と言った。

浅田は悩んだ。

同じ炭鉱にいれば何かと目をくばることもできるだろう。いまのみちこの様子を見れば、それも仕方ないかもしれない。

ひとまず浅田は、この男の家にみちこを預ける決心をした。

二人の兄

みちこの兄は、英磨《ひでまろ》と邦磨《くにまろ》といった。英磨は新しい母に馴染めなかった。父親に対しても、自分達を受け入れず母親を北海道へ返したことが許せない思いだった。北海道まで行きたいと言って、二人は父親から汽車賃をもらい、出かけていった。

父親は、意外とあっさり汽車賃を出してくれた。乳飲み子を抱えたキヌが、手のかかるみちこ、言葉をかけても返事もない男の子二人に手を焼き、ノイローゼ状態だったからだ。また、「気のすむようにしなさい」と言った裏には、二人の子供たちを見たら、実の母親の照《てる》も、返すことはできまい、というわずかな願望もあった。

汽車に乗る前から英磨は腹痛で苦しくて顔が青ざめていたが、とにかく乗らなければ次の汽車はいつになるかわからない。向かいの座席にすわった中年の夫人が、「顔が青いよ、大丈夫かい?」と訊き、「少し横になった方がいいよ」と世話を焼いてくれた。

腹の痛みのため何度も何度もトイレへかけこむ英磨。母親にたずねあたるかどうか不安な邦麿。二人は暗くなっても眠れなかった。ようやく英磨の腹痛がおさまるころ、これからの北海道の暮らしを胸に描いた。

青森駅は長いホームだった。連絡船めがけて走る人々、背に重い大きな荷物を背負った人々。兄弟はその人波に運ばれるように、船に乗った。

船の中は畳が敷いてあり、ようやく眠ることができた。

「母さん何ていうかな?」

「兄さん、どうしてるがな」

「みちこはどうしてるかなあ」

二人は母親が恋しくて、空腹も忘れる程であった。


まる二日間かけて母のもとへ辿《たど》りついた。二人を見て、母は喜んだ。しかし、父のもとへ帰るよう言いふくめられた。母は、兄と妹を食べさせていくだけでいっぱいだった。二人を引きとる力はなかったし、若い妻と裕福そうに暮らす夫を許せなかった。


帰る気にはなれなかった英麿は、母にすがりついてダダをこねたかった。しかし、それもできない。

自分達はいらない者なのか――。

じっと母を見た。小さいながらも、母の暮らしぶりはよくわかった。

わがままは言えない――。

弟の邦麿を見た。邦麿はしゃがみこんで、地面に何か書いていた。涙も出さず、この状況を受け入れているかのようだった。

二人はまた、もと来たように汽車に乗り、船に乗り、また汽車に乗って、父親のもとへ帰ってきた。陽もだいぶ落ちていた。

「みちこ」

同時に言葉を発した。しかし、みちこはいない。

二人の男の子に分かるように、浅田は事情を話して聞かせた。それを聞くなり、闇もかまわず二人は坂の下の長屋へと駆けだした。

ちょうど夕食のひとときだった。永希の家では囲炉裏を前に、皆でみちこを囲んでいた。

兄たちの声をきくと、みちこは飛び出して、入口でしがみついた。

「腹へってるか?」

と、永希は二人の兄を招きいれた。

英磨も邦麿も、母のもとから返された淋しさで胸がいっぱいだった。元気で幸福そうなみちこを見て、喜びとも悲しみともつかない思いがあふれた。

「兄妹仲よく、いつでも遊びに来てやってくれ」

と言って、永希は「食べろ、食べろ」と、二人に夕食をふるまった。

兄たちがいなかった理由を、みちこは分からなかった。でも、いま目の前に、たしかに二人の兄がいる。このことが嬉しくて嬉しくてたまらなかった。

それからは毎日二人の兄が訪ねてきた。三人の遊ぶ様子を見ながら永希は、兄妹が離れ離れにならず、こうして会えることを心から喜んだ。

炭鉱の生活

選炭場をやめたハツは、一日中みちこを追いかける生活になった。二人の兄も必ずやってきた。ハツが得意な子守の仕事が増えた。

みっちは活発でじっとしていない。兄達だけでなく、カッちゃん、ヨネちゃん、キヨちゃん、勝《まさる》など、次々に友達ができた。大きな声をあげたり、かくれんぼをしたり、すっかり炭鉱での生活に慣れてきていた。

邦麿が大きな柿の木に登って大声を出す。英磨も追いかけて登る。他の子供たちも負けずに登りはじめる。下に残った子がみんなで木を揺する。枝に座った邦麿が、木の枝ごとドスンと落ちてきた。

あれッ！

ポカンとしている者もあったが、一目散に逃げてしまう子供もいた。

このとき邦麿は、左手を骨折した。一日中ギブスをはめられ、白い繃帯《ほうたい》が痛々しかった。それでも二人の兄は、次の日も、その次の日も、みちこのもとへ遊びにやってきた。

ハツは味噌の握り飯をつくり、きゅうりに味噌をつけて子供達に食べさせた。子供が大好きで、みちこをかこんで子供が集まってくれるので、これ以上ないほど満足していた。

近くの原っぱには小さな水たまりがあった。春になると、そこへおたまじゃくしを見に行った。キュトキュトしたかたまりの中に黒い点がある。これがカエルになるんだと、少し大きい子が言う。

「エッ？　これがカエルに？」

みちこの不思議をよそに、おたまじゃくしはすぐにカエルになった。

勝は青いカエルをつかまえて来た。肛門に細いストローを入れてプーと吹くと、お腹がふくれて風船のようになる。子供たちは、ワーワー大さわぎして何度も青ガエルのお腹がふくれるのを喜んだ。

そのうちにカッちゃんが、まだ羽のはえていない鳥のヒナを抱いてきた。

「みっち、みでみろあったけーべ」

ヒナを受けとるとクニャリとする。気味悪くて、思わずみっちは落としてしまった。おそるおそる拾いあげる。ヒナは動かず冷たい。みっちは急に口をきかなくなった。

「今日は帰るべ」

カッちゃんも二人の兄も、それぞれ家へ帰っていった。


その日、ハツが何をきいてもみっちは返事をしないし笑わなかった。永希が夕山から帰ってきた。いつも笑っているのに、みっちの様子がおかしい。

「どうしたんだ」とハツにきくと、

「何だかわがんねえ」と言う。

ごはんも食べず、しょんぼりしている。みんなが床へつくと、とうとうみっちは泣き出してしまった。

「どうしたんだ?」

永希がみっちを抱いて訳をきいた。

「鳥が死んだ、鳥が死んだ」

昼間のあの、手の中につかんだぬくもりと、冷たくなってしまった鳥の感触が残っていた。床に入ると真白い羽の鳥がぐるぐるまわっていく夢をみる。自分で小鳥を殺してしまったと思ったのだ。

傷ついている心を、どうすれば助けてやれるかを永希は考えた。

永希はマッチをシュッとこすった。

「最后まで燃えれば許してもらえるぞ」

永希は顔をしかめたままマッチを見た。燃えたままマッチは落ちた。みっちはまた泣き出した。顔じゅうが涙で汚れた。みっちがこんなに泣いたのは初めてだった。

またマッチをシュッとすった。しょうしょうと音を立てながら、永希の親指と人差し指の間でマッチは燃え、そして炎が消えた。

「ホラ許してくれたぞ」

永希の指は真黒くただれた。

みっちはニコッと笑い、そのまま永希の腕の中で眠りについた。

あくる日も兄二人と子供達が集まる。山へ行くべぇ、ということになり列をつくって炭鉱に近い山へ出かけた。小さい紫色の実や、オレンジ色のヘビイチゴなど、山は子供を飽きさせない。いろいろな変化のある山は、行くたびに子供たちを喜ばせた。

山から戻ったある日。うるしに触れたのか、みっちは顔が腫《は》れ上がり、痒《かゆ》くなった。がまんできず掻《か》くのでおたふくの様になり、ハツもタツも、ゲラゲラ笑った。

永希は酒徳利を持って山に登った。そして、うるしの木の前で、

「どうか仲よくしてやってくれ」

と酒をふりかけた。

石炭を運ぶトラックの運転手もみっちを可愛がった。みっちの姿を見ると、手をさしのべて助手席へ乗せる。ボタ山のふもとの炭鉱まで行き、石炭を貨車に積む。そしてまた村へ戻ってみっちを降ろす。ハツは心配で心配でたまらない。

「うちのみちこ見ねがったが?」

「知る訳ねえべぇ。そんなに心配だらくっついでいろ」と村の人に笑われた。

浅田が転勤することになり、隣の炭鉱へ移った。兄二人も連れて行かれた。今までのように毎日は会えなくなってしまった。

永希は自転車に乗り、おぶったみっちを荷台に立たせて、隣の炭鉱まで連れていくようになった。

やがて、兄達は学校へあがった。平日、永希が休みの日にみっちを連れて行っても、いないことが多くなった。そんなときは兄たちの帰りをずっと待った。兄達もかけ足で帰ってきた。遠くに兄の姿が見えるなり走っていくみっちを、永希は優しく見つめていた。

ある時、自転車が小川の橋を渡ろうとした時、向うに英磨がいるのが見えた。みっちは身体をバンバン動かして喜んだ。永希はバランスをくずし、自転車ごと落下した。ふたりとも顔が泥まみれになった。幸い浅田の家が近かったので、みっちは兄達の洋服を借りた。ダボダボのまま歩きまわり、余った袖をふりまわしたり、ぐるぐる回転したりして喜んだ。キヌも永希も英磨も大笑いした。

みっちはもうすぐ五才。同じ年頃の子供の親は貧しい中、七五三のために心をくだいていた。

永希は街の質屋に行った。そして、子供用の着物一式をそろえた。

柴田さんちのさだちゃんが、みっちの家に来て着付けをした。お祭りのように、鼻に白粉《おしろい》もつけてくれた。

さだちゃんは、みっちの家庭の事情をよくわきまえた上で、みっちをとてもかわいがっていた。みっちの柔らかい髪に飾りをあてる。写真屋の新ちゃんのところへ連れて行く。じっとしていないみっちと、すぐ外れてしまう髪飾りとをおさえて、やっとの思いで一枚の記念写真をとった。

縫い物が上手なさだちゃんは、細かい仕事をするためか、両眼がただれたように、いつも涙を流していた。いとこ同士の結婚で、夫は頭が少し足りず、二人の子供のうち長男の菊夫が父親の血をひいてしまった。次男の誠は活発で賢く、母親にそっくりである。

柴田さんちには、てんかん持ちの義弟が同居していたが、やがて死んでしまった。そこで、空いた部屋を男の人に貸すことになった。三交替の仕事をしている人で、さだちゃんの夫がいない時でもこの男がいることがあった。子供たちも学校へ行っていない間、この男とさだちゃんの関係を、川向うの人達が疑いの目で見るようになった。

さだちゃんの置かれている家庭の事情や、面倒見の良い気性からして、ひとり身の男に対しても、あれこれと面倒みるに違いなかった。村人の想像は膨《ふく》らんだ。それは結局、その先まで想像できることなのだった。

カッちゃんの母親のよでちゃんは片眼がつぶれている。坂の上に少し年上の芳夫という男がいて、この男も片方の眼がつぶれていた。眼のことで仲よくなったのか、相あわれむ関係でか、この二人は恋人同士である。

よでちゃんはハツと一緒に選炭場で働いていた。カッちゃんの父親は落盤で死んでいる。カッちゃんとみっちは同じ年。カッちゃんは男の子なのに色が白くおとなしかった。


落盤はこの炭鉱で避けられない事故だ。落盤が起きると大きなサイレンが立て続いて鳴り響き、老いも若きも子供もみな、鉱内に入っている者以外全員が、広場へ集まってくる。こんなときも、頭のおかしいガンガンたたきが缶をたたいて通り過ぎる。

「父ちゃん」

「あんちゃん」

と、みんな口々に叫ぶが、たとえ自分の身内が生きていたことがわかっても、喜びを顔や態度に表すことはできない。

亡くなった人の葬儀はこの広場で、炭鉱の全員で行う。このおそろしい現実は人々を恐怖にかり立てる。働く気力も失くさせてしまう。しかし生活していかなければならない。落盤が起こった場所を残して別の新たな鉱道へと掘り進む。


みっちが高熱を出した。

身体にブツブツができて、医者に見てもらうと「水疱瘡《みずぼうそう》」ということだった。

広場には公衆浴場があった。しかし、水疱瘡は伝染病なので入れない。永希は長屋の入口に小さい風呂場をつくった。

風呂にはどくだみの草が入っていた。仕事から帰ると永希はまず、みっちを薬風呂へ入れた。身体に斑点のようなものが残ったが、幸い、顔には残らず他の子供にも伝染させずにすんだ。

伝道者

トロッコは、子供にとっても楽しい乗り物だった。何人かで箱の中へ入り、短い距離を押してもらったり、また交替で押しっこらをする。

遠くからチリンチリン鐘が鳴りひびく。キャンディ売りか、紙芝居のおじさんだ。陣とりや花いちもんめをして遊ぶ小さな広場へ、子供たちが走り集まってきた。

背が高く白いシャツを着た男の人がにこやかに立っていた。どことなく品がよさそうで、この炭鉱では見たことのないタイプの人だった。

「さあさあ、みんなここへすわって、わたしの話を聞きましょう」

土手に腰を下ろす者、草の上に立膝をつく者。五、六人の子供が集まると、

「さあ、神さまにお祈りしましょう」と、男の人は膝まずき、

「天の神さま、こうしてめぐり会えましたことを心から感謝いたします」

と、澄みきった声で言った。そして歌をうたった。

天の神さまは　良いお父さま

罪　科《とが》　憂《うれ》いを　とり去りたもう
心のなやみを　つつまずのべて
祈りにこたえて　慰めたまわん

子供たちもいつしか節を覚え、一緒に歌うようになった。

この男の人が来るようになってから、今までのような大声を出したり、ケンカをしたりしなくなった。

毎週、おじさんの鐘の音を待つようになった。紙芝居では「私達が悪いことをしたかわりにイエス様がはりつけになられて罪をつぐなって下さったのです」と言った。

讃美歌をうたうと、心が清らかになるように思われた。お祈りした日は誰もケンカをしなかった。勝は、

「神様が本当にいるんなら落盤の人助けられながったがな」

と言った。みんなだまって土を見ていた。

その日の夕方、みっちは、囲炉裏の前にイエス様がいるように思われた。ごはんを食べる時に、「イエスさまいただきますアーメン」と唱えた。

毎週来ていたおじさんが急に見えなくなった。子供たちは原っぱに集まり、

「あのおじさん見えねえなあ、どうしたんだべ」

と、口々に語りあった。

三週間位たったある日、ちりんちりんと鐘が鳴りひびいた。子供たちは「それッ」と、いつものところへ駆けつけた。すると、鐘を鳴らしていたのは別のおじさんだった。

「あの人は病気になって入院しました」

「うんと悪いのげ?」

子供達は顔を見合せて、心配そうに訊く。

「みんなで手紙を書きましょう」

そのおじさんは、顎《あご》にヒゲを伸ばしたイエス様のような人である。

「早く病気が治りますように」

「また会うことができますように」

手紙を書いてイエス様に似たおじさんに手紙を託した。まだ字の書けない者は、膝まずいて「早くよくなってまた会えますように」と、お祈りをした。

ヒゲのおじさんも優しい人だった。みんなの手紙を届け、入院しているおじさんの状況を説明してくれた。みんなが必ず集まって、お祈りをささげていることをとても喜んでくれていたという。

子供たちは、「元気になってまた会えますように」と祈った。しかし、はじめのおじさんに会えることはなかった。

永希のしつけ

ある時、三円程のお金を拾った。お金の価値がわからないみちこは、きれいにみがいて持っていた。

永希は、みちこがこのお金を盗んだのではないかと疑った。

「何だ、この金は？」

「拾ったよ」

そう言っても信じない。ビシャと頬をぶたれた。

「お金は自分が働いて稼ぐもんだ、盗んではならぬ」

いくら拾ったと言っても信じない。あまりの剣幕に、みちこは驚いて言葉が出なかった。

「こんなことをすると、川に流してしまうぞ！」

おそろしくて身ぶるいした。こういう時の永希の顔は鬼のように思われた。


町には、こじきと言われる人たちがいた。住むところもなく、ウロウロしている。見るもあわれなボロボロの服をまとい、一軒一軒をまわり、物をもらって生活している。

こじきは、そちこちの空き地をみつけて住みついている。子供達は寄りあって、それぞれ食べものを集めて持っていった。ハツは笑っているだけだったが、永希は「働かねえなまけ者に、物をあげちゃならぬ」と言ってはねつけた。

みちこの目には、事情はわからない。何か恵んであげなければ死んでしまうと思い、台所に残っている食べものを、せっせと運んで届けるようになった。

ある日、その人が恵みを求めて家に訪ねてきた。永希は、「何で働かねんだ」と、強い口調で言い、追い返した。

永希は炭鉱をやめた。みちこが学校へあがるようになれば、どうしても親としてしなければならないことも出てくる。炭鉱に入ってしまって、ハツにまかせっきりにはできないと考えていたからだ。

炭鉱をやめた以上、炭鉱の長屋にいるわけにはいかない。近くに古い家を一軒借りることになった。六畳と、囲炉裏のある四畳半の部屋と、土間と、風呂のある家だった。大家は農業をしている人で、ちょうど空いていたので借りることができた。

朝鮮人の永希は、なかなか職にありつけずにいた。自転車にポンせんべいを焼く機械をのせて、遠くまで売りに出た。

稼ぎに出かけても、ハツとみちこのことがあったから、いつでも帰ってこられるようにしていた。ポンせんべいだけでは食べていかれないので、布団綿の打ちかえしをしたりもしていた。

勝も、カッちゃんも、菊夫も、みんな小学校へ入学した。みちこも入学した。

学校は昔の城跡で、校庭に桜の木がならび、門をくぐって入るようになっていた。

先生は、メガネをかけたやさしい男の先生だった。みんなよりも身体の小さい正ちゃんに向かって、

「いまもお母さんのオッパイをのんでいるのかな」

といったら、子供たちは大きな声でワァー！　と笑った。


永希は新聞販売店をはじめた。

販売店といっても生活する家そのものが仕事場だ。朝早く町へ行って新聞を運んできて配りに行くというものだった。ポンせんべい、布団綿の打ちかえし、そしてこの早朝の新聞配達とで、貧しいながらも何とか生活を保っていた。

新聞配達は時間が限定されるので、勝を手伝いに雇い入れた。勝の家は兄弟が多くて貧乏なところへ、カッちゃんの家と同じく父親が落盤で死んでしまい、稼ぎ手の母親も病気がちでひもじい日々を送っていたからだ。

永希、勝、みちこと、三人が配達をすることになった。

眠いのと寒いのとで起きるのが辛く、なかなか起きられない。もう少し、もう少しと、布団の中にこもって、いま起きようか？　いま起きようか？　としてい

るところへ、勝が布団へもぐってきた。横を見ると、すぐとなりに顔があり、ニコッと笑う。勝も早く出てきて足が冷たかったのかなと思った。みちこよりも早く起きてこの家までくる勝は偉いと、つくづく思った。

たまたま勝とは同じクラスだった。一番前の席だった勝は、いつも寝ていて先生に叱られていた。言いわけもできず、また少しするとすぐに眠った。

勝は卒業してすぐ大工になったが、仲間三人で乗っていた車が踏切事故に遭い亡くなってしまった。

火事

柴田さだちゃんちの菊夫を学校まで一緒に連れていくのは、みちこの役目だった。そのため、朝は必ず、六軒先のさだちゃんの家へ寄っていくことになった。

子供たちは学校への道のりを、縄とびをしながらワイワイと通学する。学校へ行くようになると、また新しい友達がふえた。仲よしの子もできた。帰ってくると、すぐにランドセルを置いて遊びに出かけた。山へ行っていろいろな山の実を採ったり、神社へ行ってかくれんぼや陣とり、石けりなどをやったりと、飽きずに遊んでいた。

柴田さだちゃんの家にはいちじくの木があってたわわと実を生らせたし、南天の赤い実もよく見られた。てんかん持ちのおじさんが亡くなってからは、いちじくをとりにいったり、赤い南天の実を見にいったりして、菊夫とも遊んであげた。兄達とは、浅田が転勤する度に遠くなり、なかなか会うことがままならなくなっていった。

夜中、人々の怒鳴る大きな声が聞こえてきた。

何ごとかと家じゅうの者が飛び起きると、パチパチという音がきこえる。五軒くらい先の家が燃えている。いっせいに家を飛び出した。

川から水を運び出す。大人は一列に並んで次々とバケツ渡しをする。かける水よりも火の方が速く、さだちゃんの家へ燃え移りそうだった。

松本さんのばっちゃんが屋根の上で赤い布を振っている。

馬のいななきがきこえる。

火元は藤沢さんの家だった。すでに半分以上燃えてしまっていたが、馬小屋から馬を出そうとするが火に驚いて出ようとしない。このままでは馬も藤沢さんのおじさんも焼け死んでしまう。

「何とかしろ！」

男たちは口々に声高に叫ぶ。

バリバリバリ！　柱が倒れる音がした。

みんな夢中でバケツリレーをして、さだちゃんの家は何とか助かった。藤沢さんのおじさんは肩から腕を焼かれ、馬も火傷で大ケガをした。屋根に登った松本さんのばっちゃんは、赤い自分の腰巻を振っていたので、そのために類焼が免れたのだとみんなから褒《ほ》められた。火事のとき赤い布を振ると、類焼を免れるという言い伝えに従って、松本さんのばっちゃんはそれを実行したのだった。

トラックが石炭を運ぶ炭鉱の町には馬市があって、馬が売り買いされていた。朝四時ごろ、ヒヒーンという馬の鳴き声とポッカ、ポッカ、という蹄《ひずめ》の音、数人の足音が響いてきた。

「あの馬は、どこさいくの?」と、みちこは永希にきいた。

「山で育てられて今日は町の市場へいくのだ。子馬だけ売られて、親馬だけ帰ってくることもある」

いままで育てた馬と別れる人も悲しいし、子馬と別れて帰る親馬も悲しいだろう。

「この間の火事で火傷した馬は、市場で買われたのかしら?」

永希にたずねると、

「会うは別れのはじめなりというんだ、必ずどこかで別れるものだ」

と、しみじみと言った。

みちこは、

「父ちゃんとも別れるの?」

と聞いた。しんみりと涙を浮かべて。

*

会うは別れのはじめなりというんだ——。

みちこはこの言葉をいつまでも忘れなかった。それは、永希との別れを暗示しているもののように思われ、何かにつけて思いおこされた。

永希は、九才の時に親とはぐれて、たったひとりで日本の貨物船にまぎれ込んでこの地を踏んだ。その後、二度と会うことの出来なかった両親に対する、自分自身の思いでもあったのだろう。

みちこがそう思ったのは、もっと大きくなってからのことだった。

照の奇跡

みちこの母は照《てる》という。

北海道で生まれて浅田と結婚し、浅田の仕事の関係で樺太へ渡っていた。浅田の銃後を守って浅田の両親と共に暮らし、浅田の妹たちもすぐ近くで生活していた。終戦を迎えた時、照にはヨチヨチ歩きのみちこと、その上に三人の男の子、そしてまだ乳飲み児の女の子がいた。

いよいよ平和になる。夫にも会える。喜びに胸をふくらませて玉音放送を聴いた。にもかかわらず、ソ連軍が国境を越えて攻めてくるとの情報が流れた。樺太の日本人達は、逃げることもできない立場に置かれた。

捕虜にでもなれば、どんな目に遭わされるかわからない。終戦という表向きの事情がある以上、助けにきてくれるあてはない。

青酸カリが渡され、いち早く呑んで死んでしまう者、子供を崖からつき落として、それに続く者が現れた。

浅田の妹夫婦は青酸カリを呑んで死んでしまった。生きていてもスパイの容疑をかけられて、いずれは殺されたであろうとのことであった。

ソ連兵の先がけが入ってきた。若い女を二頭の馬にしばりつけ、馬にムチを打って その身体がちぎれる様を見せつけられた。みせしめということだった。この光景に絶望した人々は、さまざまな方法で死を選んでいった。「樺太の日本人は全滅した」という報せが本土に伝わった。

照は、どうにかして別れた夫に会いたいと思っていた。姑には一度もさからっ

たことのない嫁であったが、死を促す姑に、

「死ぬのは最後の最後でいいのです、薬さえ呑めばいいんだから」

と言って従わなかった。


そんな中、引揚船が来るという知らせが来た。着のみ着のまま、幼い五人の子供たちを連れ、老いた浅田の父と母を促しつつ、飲まず食わずで海へ向かって歩いた。

浅田の父は足が悪かった。身体を引きずるようにしながら必死で夜道を歩きつづけた。転びそうになりながら妻の手を引き、海へ海へと歩く。空腹と疲労で、歩くのをやめてしまい、置いていかれる者も多い中で、声をひそめて、引揚船に乗れる望みひとすじにかけて、照たちは歩きつづけた。

碇泊している引揚船に乗るためには、小さい船で運んでもらわなければならなかった。ここには少しずつしか乗りこめない。小さい船に乗りきれず、照たちは、残されてしまった。

これまでか……もうこれまでか……。

精も根もつき果て、照はへたりこんだ。

ところが、最初に日本へ向かった船は爆破されてしまった。

再び引揚船が来るという。乗ったところで助かるかどうか……。でも、乗らねばならぬ。信じて行けるところまで行くしかない。

小さい船にひっそりと乗りこんだ。どの大人たちも、空腹と睡魔におそわれて、ぐったりしていた。

そんな大人たちの間を、英磨がフラフラと歩いて船のへりへ向かった。英磨は、そこから海へ落ちようとしていた。

気が付いた長男の哲磨《てつまろ》は、英磨の足をつかみ、夢中で抱きよせた。夢でもみていたのであろう。無理もない、もう三日も何も食べていないのだ。

大きな船に乗り移ると、甲板には大樽《たる》があり、あたたかい雑炊が用意されていた。照たちはやっと食物にありつくことができた。

船には外国人も乗っていた。まだ幼くて髪が赤いみちこを抱かせてくれと言っては連れていく。返してもらえないのではないかと心配で、照はあとを追いかけていた。

もう爆破されてもいいと思って乗っていた引揚船だったが、今度は無事、北海道の地を踏むことができた。

しかし、別な地獄を味わうこととなるのである。

葬式

松本さんのばっちゃんが死んだ。

葬式ともなると、近所中が集まって料理をこしらえる。コンニャク、さといも、ごぼう、人参、高野豆腐などを煮る。コンニャクの田楽は、味噌を煮たてて甘辛く味をつける。そうすれば長持ちする。

お通夜がすみ葬式が行われる。四キロメートルほどの距離にあるお寺のお坊さんがお経をあげてくれて、ひとりずつお別れをする。

タツは仲よしのばっちゃんが死んでしまい、しょんぼりしてしまった。

お墓まで近所中の人たちがお供をする。先頭に立つ人は白い布をヒラヒラさせて柩《ひつぎ》のあとにつづく。子供達も一緒についていく。

大きく掘られた穴の中へ柩が下ろされ、土がかけられた。あんなに元気で、屋根の上で赤い布を振っていたばっちゃんが、ものも言わず寝かされて、深い穴に葬《ほうむ》られる。このことがみっちには不思議でならなかった。と同時に、急におそろしくなった。子供達は誰も騒がず、大人のしていることに目をみはらせていた。

お墓から帰ってくるとお清めをする。煮物をしたり、昆布を煮たりして手伝ってくださった人々や、お墓まで行ってくれた人々に、葬式を出した家の人が酒をふるまう。

松本さんのばっちゃんは長生きだったので、赤飯が出された。

石油の出現で、あちこちの炭鉱が廃鉱となっていった。需要は石炭から石油にとって代わり、石炭の生活は成り立たなくなっていった。

この町を離れていく人が増えた。いつの間にか、一緒に遊んでいた友達もいなくなった。

柴田さんのさだちゃんは、下宿していた男といなくなった。菊夫と誠も連れて行ってしまった。

すらっと背の高い春江ちゃんは、芸者になったということだった。時々帰ってくると、赤い口紅をつけて、この町の誰とも違う話し方をしていた。

あんなに賑やかだった炭鉱の町が、いつの間にかトラックも動かなくなり、乗る人のいなくなったトロッコがそちこちに置かれていた。

広場の公衆浴場も、用度もなくなった。いまはゴルフ場になっている。キリストのようなおじさんと祈りを捧《ささ》げた土手には、たんぽぽが風に吹かれて小さくそよいでいた。

III

バラバラな家族

みちこは小学二年生になった。

ある日の学校の帰り道、男の子たちから「朝鮮人！」と、大きな声を浴びせられた。何の意味かよくわからなかった。

家に帰っても訊いてはいけないように思われたので、自分の胸にしまっておくことにした。

タツは、天理教の仲間に引き入れられた。

「今日はノンノさんの用事があるって先生に話して早引きしてこい」と、みちこに言う。

いつそれを先生に言おうか？　迷いながら色鉛筆で手の爪を赤く塗っていた。芸者になった春江の爪の色を真似たのだ。

一時間目の授業が終わり、タツに言われたとおりを先生に言った。

「エッ？　ノンノさんて何なの？」

　先生はそう言うと、

「この爪どうしたの？　こんなに赤く染めて、誰もこんなことしてないでしょ」

と言った。先生は、ノンノさんの意味がまったくわからない。

　みちこは立たされたあげく、早く帰ることもできなかった。

　家に帰って今日あったことを話した。しかし、タツはそのことについて何も言わなかった。ハツも、「おら知らね」というだけだった。

　先生に叱られたり立たされたりした意味もよく分からずにいた。


　川の曲がり角に、小さな呑み屋ができた。酒好きな永希は、夕方になるとそこへ入り浸るようになった。日を追うごとに帰宅が遅くなり、やがて家には帰ってこなくなった。

　近所の人が、

「ハッちゃん、父ちゃんがまたあそこの店へ入るの見たよ」

と言う。ハツは、酔っ払ってしかもどらない永希にイライラして、

「なんで家さ帰らねえんだ」

と、大きな声を出す。永希は舌がもつれ、足もフラフラして、身体が定まらない。身体のふらついた永希は怖くなかったので、ハツは思い切り胸を叩いた。

「何すんだ！」

　永希も負けずにやり返そうとするが、酔っていて力が出ない。

「もう父ちゃんとは別れるべ。みちこは返しにいくべ」

と、ハツはみちこの手を引いて家を出ようとした。酔った永希も、みちこの手を引っ張った。二人で両手を引っ張るので、みちこは泣いた。

「うでがもぎれそうだ」

と言って泣いた。


　学校から通信簿をもらい、帰って永希に見せた。永希はガックリと肩を落とした。「生活態度」という欄に、「落ち着きがなく、じっとしていない」と書かれていたのだ。

「コラ！　ハツ、お前が母親としてみちこをしつけねえがらだ！」

「何言ってんのよ。毎日酒ばかり呑んで、ほかの女のいる呑み屋にばかり行ってる父ちゃんが悪いんだべ」

永希は、このままではまずいと考えた。

子供の足で十五分くらい歩いたところに書道を教えている人がいた。すでに何人かの生徒を抱えている。字はじっと座っていなければ書けないので書道がいい、これなら少しは落ち着くのではないかと考えたのだ。

永希に言われた通り、みちこは書道を習い始めた。

他の子と四人で長いテーブルに並び、「一、二、三」から始める。じっと座って書道をすることは苦痛ではなかった。しかし、夕方から習いに行くので、帰りが遅くなってしまう。暗い夜道、杉や松の木で覆《おお》われた墓所の脇を通らなければならない。

みちこは、人が死ぬと雨の日は火の玉になって出るとか、夜になると白い着物で歩き回るなどと聞いたことがあった。書道からの帰り道が怖くて怖くてならなかった。

「父ちゃん、あの道が恐ろしいからイヤだ」

そう言うみちこに、永希はまた考えを巡らせ、学校の帰り道にある書道塾へ通わせることにした。

学校からは、みちこのことで何かと文書が届いていた。

久しぶりに浅田が来た。

浅田は、永希としんみり話をしている。この先、みちこの籍をハツの籍に入れておくほうがいいということらしかった。

浅田と永希とハツ、そしてみちこは、四人で裁判所へ行くことになった。裁判所は、三つくらい先の駅まで行き、そこからは歩いていける距離である。永希は、ハツがバスにも汽車にも乗ったことがないことを心配していた。

馬市場のある駅まではバスに乗っていった。学校を休んだみちこは、はしゃぎたい気持ちが抑えきれず、何となくワクワクしていたが、永希は気むずかしい顔をしていた。

改札で切符を見せなかったハツが駅員さんに咎《とが》められた。

「何やってんだ」

と、永希はハツを怒鳴りつけた。

浅田はみちこをさも愛おしそうに見つめた。みちこは時々「おじちゃん、おじちゃん」と、言葉をかけていた。

裁判所に着いたとき、大人たちは汗びっしょりだった。玉のような汗を拭きながら建物の中へ入った。

一人ずつ名前を呼ばれた。ハツは、キョトンとしてただ立っていた。永希が背中を押しながらハツの名を告げた。浅田も呼ばれ、「はい」と答えた。みちこも呼ばれて、名前を確認された。

裁判所を出ると、大人たちはまた汗びっしょりになったので、かき氷の店に入って涼むことにした。

ハツを見る永希は、どこかホッとしたようだった。浅田はみちこばかりを見ていた。

浅田は永希とハツにあいさつをして別れていった。永希とハツとみちこの三人は、初めてののれんの掛かった「蕎麦屋」へ入った。そして「天ぷらうどん」を食べた。

帰りのバスに乗ろうとするころ、みちこが腹痛をおこした。痛くて立っていられない。顔も蒼白になった。永希とハツは、慌ててみちこのおなかをさすったり、トイレへ連れて行ったりして、大騒ぎになった。

バスには知り合いも多く乗っていた。

「あれ、いつも元気なのに、なじょしたべな」

と心配してくれた。

「裁判所さ行ってきたんだ」ハツがそう言うと、

「よげいなこと言うんでねえ」と、永希がハツをたしなめた。

家へ着くころ、やっと腹痛もおさまった。

家ではタツが待っていて、久しぶりに四人そろって夕食を食べた。

この日、みちこの入籍と同時にハツと永希が協議離婚をしていた。みちこの未来を慮《おもんぱか》ってのことに違いないのだが、永希はこのことを境にいっそう孤独を深めてゆくことになった。


浅田に会ったことで、永希はまた、みちこの兄達のことを思った。バスに乗れるようにもなったので、みちこを兄たちのもとへ遊びに行かせることにした。

久しぶりに会った三人は、映画を観に行くことになった。

みちこは生れてはじめて時代劇を観た。大きな画面が動くし、音響のいい映画館の迫力に驚いた。何回でも観ていたくなり、同じ映画を三回観た。

映画館から出ると、外は真っ暗で、バスは最終バスのみだった。

兄二人がバス乗り場まで送ってくれた。バスが発車しても、いつまでも見送ってくれていた。

バス停には永希がいた。心配のあまり、ここでずっと待ち続けていたらしい。みちこの顔を見るなり、安心感と腹立たしさとで、大声で怒鳴りつけながら、ゲンコツを振り上げて近づいてきた。みちこは夢中で逃げ回った。酒を呑んでいない永希でも、みちこに追い着くことはできなかった。


タツは、みちこの話し相手にならなかった。ハツも、話をしても分かっているのかいないのか、どうやらなにも分かっていないようだった。ますますみちこは、家にはいたくなくなり、学校へ行くのが何よりの楽しみになった。

ある年のこと。大きな台風が上陸するという日、子供の学校を休ませる家が多くあった。

休みたくないみちこは、さっさと学校へ行ってしまった。しかし、休んだ子が多くて授業にならない。午前中のみで学校が終わってしまったので、仕方なく家への道を一人で歩いた。

途中、大きな川が雨であふれていた。子供の足ではとても通れそうにない。水嵩の増した川は轟々と音を立て、バス道路まで水があふれ出していた。

たった一人、不安に襲われたみちこは、泣きだしたい思いでそのまますたずんでいた。

その時、大きな声で「みちこー！」と呼ぶ声がした。

「あっ、父ちゃんだ！　父ちゃん、父ちゃん！」

あらん限りの声で叫んだ。

永希は膝まである長靴をはき、子供用の長靴を手に持って、水の中を歩いてきた。みちこを背中におぶうと、またもといたほうへと歩いて行った。永希の背中の大きさが頼もしくてならなかった。

そんなこともあって、みちこは学校の行き帰りで一人になってはいけないと考えるようになった。

学校へは、遠方から通ってくる子もいた。親は働くことで忙しく、行きも帰りも一人になる子もいた。

森を抜けて通ってきていた女の子がいたが、人さらいにさらわれたという噂でもちきりになった。その女の子はどこに行ってしまったのか、みちこは不思議でならず、また恐ろしくなった。

家の近くに、九人兄妹の末っ子で末子ちゃんという子がいた。仲良しになり、いつも一緒に帰るようになった。

ある日、男の子たちも合流して、大きな川にかかっている橋の上から、ひとりずつ飛び降りることになった。真ん中には川が流れているが、両端は砂場になっていた。

みんながピョンピョン飛び降りる。恐ろしいとは思ったが、みちこも思い切って飛び降りた。

ドン！　と下についた時、呼吸ができなくなった。みちこは砂に転げまわって苦しんだ。子供たちは誰も気づかない。胸をドンドンとたたき、ふーっと、急に息ができるようになった。これ以来、飛び降りることはやめにした。

真夏の日。

末子ちゃんと近くの滝壺に遊びに行った。十分くらい歩いたところが滝の下で、そこには大きな石があり、滝壺になっていた。泳ぐにはちょうどよさそうだった。

ところが、泳いで遊んでいるうちに、二人とも溺れてしまった。アップアップして水を飲んでいるところを男の人が通りかかった。男の人は飛び込んで二人を土手へあげてくれた。

二人とも目が真っ赤になり、涙がぽろぽろこぼれ、しばらく話ができなかった。

「滝壺は泳ぐと出れなくなるぞ。こんなどこで遊んじゃ駄目だ！」

助けてくれた人はそう言って、二人をたしなめた。

動けなくなった二人が倒れ込んでいた土手には、虻《あぶ》がぶんぶん飛んできていた。

ハツと永希

どこでどうやって習ってきたのだろう。永希は昔話をよくみちこに聴かせる。

一寸法師、桃太郎、鶴の恩返し……。

みちこは聴くのが大好き。小さい身体の一寸法師が盥《たらい》の舟をこぐ姿を想像し、楽しくて楽しくて、「その先は？　その先は？」と聞く。あんまり聞かれても永希は困る。困った永希は、

「いちどに聴いてもわかかんめえ」と言って、話すのをやめてしまう。

二人をそばで見ていたハツは、

「みっちはまだこんなちっちゃいのに、話わかんねえべえ」と笑った。


永希が新聞販売をしていることは、小さな山あいの町にあって、とても助かることであった。永希への信頼心も生まれたことから、ハツも自然と受け入れられて行った。

ハツのできないことは大家の奥さんがしてくれた。向う三軒両隣の人々に世話になることもあった。みんなで協力しあうことが当たり前のようになっていた。

ハツも、世間の人たちが行う季節のことを見たり聞いたりして、一生懸命覚える努力をした。

かしわ餅はお米の粉を丸めてあんこを入れる。そして柏の葉で巻いて蒸《ふ》かす。この蒸かす作業は大変だ。草色のかしわ餅を作るためには、あちこちの土手からよもぎの草を摘んで集めておかなくてはならない。

ハツは懸命によもぎの草を集めて、隣近所の人たちが手伝いにきてくれるのを待った。

布団の綿を取り替える時は近所中の人達が来て手伝ってくれる。みんなで順番に綿の入れ替えを行う。白いエプロンをして、頭に手ぬぐいを被《かぶ》り、飛び散る綿から服や髪を守った。

火事になった藤沢さんの家では、馬だけでなく牛も飼っていた。田んぼもあった。田を耕す時期になると、近所の人達が総出で手伝いに出かける。ハツにつれられて、みちこも手伝いにいく。まだ大きくない牛は、田んぼの中を歩かせる。そうすると、後ろにつけた耕す機械が動き、水が張ってある田んぼを攪拌《かくはん》する。

みんながみちこをおだてて牛を引かせる。みちこが牛を引く。みんながワアワア笑う。牛も気分が良いのか、どんどん歩いてくれる。ハツは、みちこが牛を引いてみんなに褒《ほ》められることが、嬉しくてたまらないようだった。

昼になると、大きな木でできた底の浅い盥《たらい》が現れる。その中には、白い握り飯や、赤飯のお握りがいっぱい入っていた。

夕方、ハツが永希に、

「あの牛は、みちこのごとを、ともだちだと思ってるみたいだべな。牛は子供が

好きなのが?」と言ったら、

「んだ」と、めったに笑わない永希の顔がゆるんだ。

「あれッ! 父ちゃんは、みちこのごとだと、うれしくてにんまりするもんな」

機嫌の良い永希に軽口をたたいたハツだった。


学校のまわりに出店が立った。運動会の日だ。

観覧席は部落ごとの縄で仕切られていたため、みんな顔見知りだ。どこそこの誰ちゃんが出るというと、どの人も、縄からはみ出さんばかりに身をのり出して応援する。

かけっこがはじまった。

みちこが走る番になると、永希は縄の前へ出て、走ってきたみちこを追いかけるように、「みちこがんばれっ」と大声で叫んだ。そこの部落だけ大笑いであった。

ハツは「父ちゃんは目立つがら、おらやだ」と、こぼしていた。

みんなと一緒にお遊戯をするが、みちこは小さくてどこにいるのかわからない。

その点、永希は、混雑した中でも頭ひとつ出ているし、異風なのですぐ目につく。

「父ちゃん」

と、みちこが言えば、すぐに見つけられた。

昼は、父母が作ってきた弁当を一緒に食べた。

茹でた栗、柿の実。いなり寿しは、大きくてひとつしか食べられない。ハッと永希は、みちこの好きなものばかりを持ってきていた。

クラスも一緒だったため、勝とは昼も一緒に食べた。

出店が珍しかったので、お昼もそこそこに、すぐに見てまわった。

永希がいるのはわかるがハッがどこにいるのかわからなくなった。

「ハッ！」

と永希が大きい声を出したら、そこらじゅうの人がびっくりして振り向いた。

「父ちゃん、そんなデッカイ声出したがら、みんながふり向くべなあ」

ハッが不平を言った。


夏になると蚊が出る。寝る前に、四隅にヒモをくりつけて蚊帳《かや》を吊る。小さいみちこが、吊る部分だけをハッに渡す。ひとつずつ渡す。

ハッが永希に「みちこが蚊帳のヒモをおらに渡してくれだんだ」と言うと、「手伝ったのが？」と頭をなでてくれた。

蚊帳の中はうす暗く恐ろしいので、みちこは嫌いだった。蚊帳の向うに死んだ松本さんのばっちゃんがいて、白い着物を着ているように思われた。

蚊帳に入るのは何としてもイヤだと永希に告げると、

「死んだ人は戻ってこねえ。恐ろしくねえ」

と言われた。ハツは、

「おらもおっかねえよ。子供は、おっかねえよなあ」

と言って、母親らしさを見せた。

永希の死

永希の酒量は増えた。
〽逢いたさ見たさに　こわさを忘れ

酔えば決まって口ずさんだ歌も、呑むほどにろれつが回らなくなった。自分を制することができなかった。

生命が長くはないことを薄々感じていたのだろうか。永希自身、ジレンマに陥りながらも、酒を呑むのをやめることはできなかった。

ハツは、そんな永希を軽蔑した。そこいらの浮浪者を見るような目で永希を見るようになった。

「どうしようもない人だ」

と、近所の人にも言うようになった。心底バカにしているようだった。知恵の足りないハツにとって、幾重にも葛藤を抱えた永希の心の内側に思いを馳せるなどということは無理だったのだ。


自分が死んだらどうなるのだろうか——。

朝鮮からきた自分は、日本の土に身を埋めることができるだろうか——。

永希の考えるのはこのことばかりだった。

永希は船で日本に渡ってきた九才のとき両親とはぐれた。言葉を覚え、社会にも慣れ、少しずつ日本の習慣に親しみはした。しかし、永希自身、この地に身を埋め、永遠に眠る自分自身を想像できずにいた。

せめて死ぬ前に一度、生まれ故郷の地を踏んでみたい。

酒に溺れ、前後不覚になりながら、故郷を歩いている自分が見えた。そばにはみちこがいた。みちこの手を引いて、自分が朝鮮の土地を彷徨《ほうこう》している。

朝鮮平安北道寧辺郡――
記憶を手繰り寄せながら歩く、道なき道。
泰平面＊＊（不明）洞、
105番地――。

永希《ヨンヒ》や、永希や――

遠くで母の声がする。

オモニ――！

力の限り叫んでみる。
懐かしい、郷の歌が聞こえる。

歌っているのは誰だろう。
何も見つからない。知人もいない。
ただ茫漠と、見知らぬ土地が広がるばかり。
つないだ手のぬくもりだけが
虚しい心にただひとつ残る。
オモニ、オモニ――

咲き終わったたんぽぽの綿が飛んでいった。

＊

中学校の卒業を目前にしたみちこに、永希は、朝鮮学校へ進学するようにと言った。

「日本人のわたしがどうして？　イヤだ！」

みちこはキッパリと反発した。この毅然とした態度に、永希はみちこの成長を感じ取った。と同時に、自分と生まれ故郷とをつなぐように思っていた、たった一つのはかない可能性が、夢であったと深く理解した。

みちこはもう、こんなことまで言って自分に抗《あらが》えるようになった。ならば、自分にもしものことがあっても、ハツとタツと三人で、助け合って生きていけるだろう――。

永希はそれ以上、なにも言わなかった。背中を丸め、独りで酒を呑むばかりだった。

ある日、どうすることもできない孤独を引きずり、永希は寺へ足を運んだ。学校の役員もしていた住職は平素から留守がちで、その日もあいにく不在であった。

永希は縁側に腰かけた。

午後の陽差しはのどかだった。この空の下に、いま自分はこうしている。そして同じ空の下に、自分の生まれ故郷がある。

住職は夕方になって帰ってきた。永希は玄関口に駆け寄り、住職に深々と頭を下げて言った。

「私は日本人ではありません。九才のとき日本に来た、金永希です」

そう挨拶した永希を、頭の先からつま先まで眺めた住職は、中に入るよう促した。しかし、永希はそのまま続けた。

「もし自分が、この日本で死んだ場合、この身体はどうなるのでしょうか？　日本人は、こうしてそれぞれの先祖の墓地に葬《ほうむ》られます。私は朝鮮にも帰るところがありません」

永希は黒く陽に焼けた太い両腕を広げ、自分の分厚い胸を指しながら言った。目は真剣そのものだった。言葉には切実さが籠《こも》っていた。住職は、この人は心の底から悩んで相談に来たのだろうと感じた。

「どこの国の人だろうと、死ねば皆、仏として扱われるのですよ。あなたが望めば、この寺に入ることもできます」

静かな住職の言葉に、永希は「本当ですか？」と顔を輝かせた。

「自分が死んだら、このお寺に埋めていただけますか？　本当ですか？」

大きな身体を寄せて言う永希に、「わかりました」と住職は言った。

「まだ生きておられるのに、こんなに熱心に、死んだ後のことを頼んでこられる人は初めてですよ。心に留めておきましょう」

「ありがとうございます！　必ず、必ずそうしてください！」

永希は何度も頭を下げて頼み込んだ。

「はい、必ず約束は果たしましょう」

その三日後、永希は脳溢血で倒れた。そして、そのまま帰らぬ人となった。


あまりにも突然のことで、近所中の人々の噂になった。

本当に病気だったのか。

薬を呑んだのではないか？

噂が噂を呼び、街の警察が訪ねてきた。警察はみちこの家族に対し不信感を隠さなかった。

どこでどう聞きつけたのか、朝鮮の人たちが数人やってきた。どの人も片言の日本語ができて、「柩をわれわれに担《かつ》がせてほしい」と言った。

三日前に頼まれたといって、お寺の住職もいらした。お経をあげながら、住職はポロポロ涙を流した。読経の合間、ガーゼで顔をぬぐいながら、

「日本にいらしたいきさつをちょっと聞いたもんですからね」と言った。

ときどき声が詰まりそうになる読経を聴きながら、みちこはただ座っていた。ものを言わなくなって横たわる永希は、みちこにとってはあまりにショックだった。ハツもタツも、オドオドしていた。茫然自失となったみちこのそばに、浅田が寄り添った。

近所の人たちに促されるまま、朝鮮人たちは永希の亡骸《なきがら》を担ぎ上げた。柩の傍らに泣きくずれるみちこの肩に手を置き、浅田は「泣くな、泣くな」と言った。

永希は四十八才の生命をとじた。

在日朝鮮人帰還事業が日朝の政府間で合意、この年末に正式に始まることとなる、昭和三十四年の夏だった。

成人したみちこは、小さな店をもった。

運動会や葬式で近所の人が集まるたびに、芋やコンニャクを煮て、みんなで美味しく食べるのを見て育ったみちこは、東京に出て、これを自分でやってみた。

店を始めたころは、酔客の一言もいちいちグサリと胸に突き刺さり、疲れを感じたりすることもあった。「ああ、こんな仕事は続かない」と、いつ辞めるかを考えていた。

そんな折、火事が起きた。

「店が燃えた！」という電話に起こされ、時計をみると朝五時。お盆で、ゆうべのお客様は七人ほどだったが、盛り上がって、一時過ぎまで店をやっていた。家に戻り、たぶんまだ三時間も寝てはいない。

「エッ？　どこの店ですか？」

やっとのことで訊いてみると、「あんたの店も、あたしの店も。みんな燃えたのよ」と言われた。

そこは雑居ビルだった。呑み屋以外にも青果、乾物など、二十三軒が入居していた。だが、昨日はどこもお盆休みだったようにも思う。自分が火元だとしたらどうしよう。

折からこのビルには立ち退き問題があった。そのため、「大家が火をつけた」と騒ぎ立てている人もいるらしい。一軒一軒、どういう客がいたか、聞かれてもいるらしい。

くよくよ考えていても埒《らち》が明かない。火事場へ行ってみた。すると、一階のみちこの店は水浸しで残っていたが、二階がまる焼けだった。二階の角の店の換気扇が外れて埃《ほこり》が溜まっており、そこから出火したものと判明した。

この類焼により、みちこはたった三年で店を失ってしまった。

驚きはしたものの、「ああ、これで呑み屋なんかやらなくてもいいんだわ」と、気が楽にもなった。

日が経つにつれ、気持ちも落ち着いてきた。

これから先、どうやって生きていくの？　何ができるんだろう――答えはない。

店の常連にIさんというお役人さんがいた。ビールをある程度呑むと目が座り、ガラッと性格が変わって別人格になってしまう人だった。

ある日Iさんが、しょげているみちこを見兼ね、新宿歌舞伎町の河豚《ふぐ》料理屋に誘ってくれた。

「Iさんが女性連れなんて珍しいね」

笑いながら話すマスターを見ているうちに、みちこはふと、「わたし、ここで使っていただこうかしら」と言ってみた。

流行《はや》っている店だったので、すぐにOKが出た。

働き始めると、焼けた店のお客様が毎日のように来てくれるようになった。


仲居仲間では、会計担当のしずちゃんや、元神楽坂の仲居だった和さんと仲良しになった。和さんとは一緒に掃除をしたり、おしゃべりをしたりした。

和さんは神楽坂の料理屋時代に、「三ヶ月総理」と言われた総理大臣をよく知っていて、

「とても感じがよくて、女性にモテモテだったのよ」

「誰にでもよく気を使えるステキな人だったわよ」

などと話してくれた。

そんな和さんが急に店に来なくなった。駅の階段を踏み外してケガをしたとのことだった。お見舞いに行きたいものだったが、家も連絡先も知らない。連絡を待つしかなかった。

ある時、たしかにお客さまだった方が、接待でいらした。上がり框《がまち》でバッタリ会い、目があった。あいさつをしようと思ったら、何か意味ありげに隠れるように座敷へ消えた。

あとでわかったことだが、みちこは自分の店のやり繰りができず、潰してしまい、ここで働いているのだろうと思ったそうだ。それで言葉をかけそこなったとのことだった。

いつもアベックで来ていた方が、「人間良い時ばかりはないよね」と、やさしく言った。その時みちこは、急に涙がこみあげてきてぽろぽろ泣いた。

「あれッ、悪いこと言ったかい？」と、困ったようにうつむいていた。

火事になったことで、みちこは自分の無能さを思い知った。しかし、何としても、こんな自分を応援してくれる方のためにも店をやろうと、心を入れかえた。

お客さまの中に不動産の仕事をしていた方がいた。頼んで、物件を紹介してもらうことにした。

二軒目の小料理屋

「駅のそばの小さいところだけど、見てみる？」

と、不動産屋さんから連絡が来た。

西武新宿線の土手沿いで、貸しビデオ屋だったというところだが、三坪にもならない、あまりにも狭く汚い場所だった。大工の棟梁に訊いてみると、「カウンターだけでまあ、五、六人くらいは座れるかな」という。

場所は気に入った。駅にも近い。きれいに作ればなんとかなるだろう。

みちこは二件目の店をはじめた。二列に並んで飲むような店だった。フグ料理屋のマスターが、皿、鍋、銚子、盃など、一式を運んできてくれた。

板前さん、仲居さん、マスターも、みんな呑みに来てくれた。棟梁もよく呑みに来てくれた。


ある日、連絡のつかなかった和さんが来た。右手を曲げた姿だった。

「和さん。忘れてなかったの？　心配してたのよ」

「ごめんね、みっちゃん。実はね……」

和さんはケガをした時の様子を語ってくれた。

……新宿駅の階段を降りようとしたとき、遮二無二駆け上がってきた男性がぶつかり、その勢いで階段を転げ落ちた。男性は振り向きもせず行ってしまった。くやしくて、男性を見付けようと、同じ時間帯に同じ場所に立って何日も待った。ある日、その男性は現れた。大声を出してその人を捕まえたところ、駅員さんが駆けつけてきて、奥の部屋へ通され、三人で話をした。ぶつかったことは気づいていた、深く反省はしている。でも、サラリーマンで、とても賠償などできない……。

「それでわたしね、もう帯も締められなくなってしまったの」

和さんは、右腕が使えなくなってしまっていた。

そのあと、和さんから着物が二箱届いた。住所が書いてなくて、御礼をしようにもできない。和さんはそれきり現れなかった。

会計担当のしずちゃんは、「みっちゃんがやめると淋しい」と言って、涙を流してくれたが、そのあとは、店に呑みにも来てくれた。でも、肝臓が悪かったらしく、二年後に亡くなってしまった。

店を作ってくれた棟梁は、律儀で職人気質《かたぎ》の人だった。親の代からつきあってきた画廊の娘に頼まれたと言って、素晴らしい画廊ができあがることを、夢を見るように語っていた。

画廊など縁の薄いことなので、棟梁はそんなすごい仕事もするんだと、酔いに任せて話す棟梁の話をびっくりしながら聞いていた。

親の代からの知り合いの娘ということで、棟梁はこの話を信じ切っていた。しかし、お金を入れる段になって、「一緒に銀行に行こう」と出かけても、銀行の手前で娘に急用ができたり、「ちょっと待っててね、一時間くらいで行くわね」と言って結局現れなかったりということが度重なった。

そうこうするうちに、電気屋に払うお金、ガラス屋に払うお金などが遅れ遅れになった。気づいた時には三千万円ものお金がショートしていた。

娘には詐欺の前科があり、その時も、刑事に追われる身であったらしい。このことを知らされた棟梁は、ショックが大きかったのだろう、血を吐いて倒れ、帰らぬ人となった。

ここで四年半店をつづけた。

お客さまの行きつけの店がやめたいと言っていると聞き、高田馬場の店へ移った。ここで約三十年。晩年に母ハツを引き取り、近くで暮らした。

別れのとき

「三十分程で終りますよ」と言われていたにもかかわらず、みちこは胸がいっぱいだった。病院の手術室の前。ハツのことを思うみちこは、こみ上げるものを抑えるのがやっとだった。

ハツはこれまで、手術室などというところへ立ち入ったこともなければ、覗いたこともない。手術衣を着た先生や、白衣の看護師たちに囲まれて、どんなにか心細く、不安と恐怖におののいていることだろう。

店の近くにある病院では、先生も看護師も「ハッちゃん」と親しく声をかけてくれる。この病院にハツがお世話になるようになって一年余り経った頃だった。三か月後には病院長が理事長をなさっている老人健康施設に移ることになった。信頼して入院し、安心することができた。

ところが、移って暫くすると、肺炎や膀胱炎を起こすようになった。また、しょっちゅう食物をのどに詰まらせるようになった。その恐怖からか、ハツはものを食べられなくなり、とうとう胃ろうの手術をすることになったのだった。

それは、一週間前の夜だった。当直の医師からの電話で、ハツがまたのどを詰まらせ、目を白黒させたことを知った。

十一時。店を閉めて病院へかけつける。みちこを見たハツは、ふっと安心したように、うっすら笑みを浮かべた。

「苦しかった？」ときいた。ハツは目を閉じたまま、コックリとうなずいた。

手を握り、一時間ほどすると、ハツは眠りについた。みちこはそっと病室を出た。


入院したばかりのころ、寝たきりで何の楽しみもないハツは、「つまんねえなあ」とこぼした。母の顔を見るために、みちこは毎日昼の十二時に家を出るようにした。

「みちこ……」

ハツは、みちこを見ると、大きく口をあけて名を呼んだ。店の仕込みをしなくてはならないから、十分くらいしかいられない。それでも、顔を見ただけで安心するのか、ハツはすぐ眠りについた。

医師も看護師も、ヘルパーの方々も皆、「ほら、みっちゃんがきたよ」と言って、ハツの喜びを一緒に喜んでくださった。

お握りが食べたい、という。

食べたがっているものは、何でもあげていいと言われ、白米を握って持っていく。でもだんだん、一口も食べなくなった。海苔の匂いを嗅《か》ぐだけでやめてしまう。

みかんが食べたい、という。

みかんを口に押しあててぎゅっと潰す。甘酸っぱい汗をペチャッと楽しんでも、すぐイヤイヤをする。

このままでは死期を早めるばかりだということで、胃ろうの手術をほどこしたのだった。

ハツは気分がよいと、「みちこは小さい時、ほんとにかわいかったな」と、笑った。みちこの顔を見ると、

「み、ち、こ」

とハッキリ言ってくれた。

「お母さん、寝ている場合じゃないわよ、お母さんと同い年の人が十五才もはなれた人と一緒になったわよ」

と言ったら、何度も首を振った。きっと、

「バカなこと言うんでねえ」

と言っていたのだろう。

突然、胃ろうの管が押し出された。先生から「いつでも、連絡できるようにし

ておいて」と言われた。

ハツは急に意識が失くなった。みちこは病院に一晩泊まった。

「今日からは一緒のベッドに寝ましょう」などと話をしていたら、午後二時過ぎに深い息を吐いて、それきり呼吸も脈も停まってしまった。

まだあたたかい頭を抱いた。

「お母さん！　ありがとう！」

みちこは何度も言った。ハツ八十七才だった。

物語の最後に――

みちこ――こと、私は、高田馬場に「こうこ」という店をもちました。お店をやったことで、さまざまな人々との出会いがうまれ、情がわき、その別れを惜しみ、また、それぞれの生きざまや、家庭の事情、喜び、悲しみを、知るともなく知ることとなりました。

いま、母ハツの一生をふり返りながら、しみじみと、ハツとの出会いを思い出しています。

父永希《えいき》が亡くなってからの日々、母ハツへの苛立ちは、言葉では言い尽くせないものがありました。でも、知能的には遅れている人でしたが、ハツは素直で、とても純粋な人でした。早くに父親を亡くし、母親のタツとともにいろいろな苦労を重ねて永希と出逢いました。永希もイライラして、癇癪《かんしゃく》を起こしてハツにあたったりはしたけれど、心の底では、この可哀想な母を認め、わかっていたように思います。

人間の死、そして出会いの不思議さを思わずにいられません。私も四十才を過ぎたころから、もしもこの世に神や仏があるとしたら、母ハツのような人を「よし」とするのではないかしら？　と、深く感じるようになりました。

同時に、まったく血のつながりのない私を娘として、ありとあらゆる愛情を注いでくれた朝鮮人の父への感謝、その父に何もしてあげられなかった自分への後悔や苛立ちが、年々深まります。

無学でも人の子を育て、正義感もあった父。そんな父金永希が、人知れず日本の地に埋もれてしまったことを、せめて残して誰かに伝えたい。一人でも多くの人に知ってもらいたい――この思いがやまず、拙い文章をしたためました。

わたしの店をひいきにしてくれた新聞記者の紹介で、このたび出版の運びとなりました。

「この本を読まれた誰かが、金永希さんの知人とか、親戚とか、そういう方につないでくださるといいですね」

と、出版を引き受けてくれた山口亜希子さんに言ってもらい、もしや…？　いえ、ないかも……。でも…！　という思いが、心の中を行ったり来たりしています。父への感謝の気持ちは、こういう形でしか表現できません。父だけでなく、母ハツに対しても同じです。

二人から受けた愛を、出会う人々に向けて感謝して、精いっぱい生きてまいります。

桜井美智子

平成最後の春、東京中野にて

本書は著者が経験した事実を物語ふうに綴った書き下ろし作品です。

著者略歴

昭和十七年十一月十二日、樺太に生まれる。幼い頃に実の両親と生き別れ、炭鉱労働者だった朝鮮人とその日本人妻ハツのもとで育つ。昭和六〇年から平成二十七年まで、東京高田馬場に小料理屋「こうこ」を営む。「こうこ」は作家、落語家、写真家、新聞記者、編集者など、表現を生業とする者たちの憩いの場となり、代を継いで暖簾を掲げている。

朝鮮《ちょうせん》から飛《と》んできたたんぽぽ

令和元年九月十五日　初版発行

著　者　桜井美智子

発行所　株式会社書肆アルス
〒一六五-〇〇二四
東京都中野区松が丘一-二七-五-三〇一
電話〇三-六六五九-八八五二

印刷・製本　中央精版印刷株式会社

ISBN978-4-907078-28-7 C0095